睡莲（莫奈）

我们喜欢说，人是万物的量尺。就莫奈的这幅画而言，睡莲是睡莲的量尺，他就以这个标准去画睡莲。

——阿道司·赫胥黎

开着的窗户(亨利·马蒂斯)

柏拉图以及后来宗教艺术发达时期的圣托马斯·阿奎纳都坚称,纯洁、明亮的色彩是艺术之美的本质。如此,一件马蒂斯的作品可能在本质上胜过一件戈雅或伦勃朗的作品。

——阿道司·赫胥黎

鸢尾花(梵高)

  我的眼睛从玫瑰看向康乃馨,从那像羽毛的白热状态看向那有知觉力的紫色所形成的光滑旋涡状花纹——鸢尾花。

——阿道司·赫胥黎

静物（胡安·格里斯）

打字桌、椅子与书桌在一种构图中结合在一起，而这种构图就像画家布拉克或胡安·格里斯所画的东西，是一种静物，显然与客观世界有所关联，但变得没有深度，并不企图达到照相写实的状态。

——阿道司·赫胥黎

椅子(梵高)

　　梵高所看到的椅子显然在本质上与我所看到的椅子相同。但是,虽然他画中的椅子比一般人知觉到的椅子真实无数倍,然而,它还是对于事实的一种非常有含意的象征。

——阿道司·赫胥黎

莫第西埃夫人（安格尔）

在造型艺术中，谋事者是主题，成事者最终而言是艺术家的脾性……描绘女性不寻常的愚蠢，则表达出最具严肃意义、最不妥协的智力。

——阿道司·赫胥黎

阿佩利斯的诽谤（波提切利）

那是一本论画家波提切利的书。我翻一翻……是透露美妙的丰富性与复杂性的《阿佩利斯的诽谤》。

——阿道司·赫胥黎

托特尼斯,在达特河(透纳)

最佳的作品是能够诱导幻象的最高层次作品。它们本身就能以美妙、有力的方式让人想起在内心的两极所进行的事情,就像那些描绘最远处的风景的风景画杰作。

——阿道司·赫胥黎

圣维克多山（塞尚）

"实际上身为塞尚"这个几乎完全不可能的事实，并不重要。这位功德圆满的画家，有小小的管线通到"自由的心智"，回避脑的活瓣和"自我"的滤器，他也真正是这个留着髭须、眼睛不友善的小妖怪。

——阿道司·赫胥黎

阅读（维亚尔）

在维亚尔的室内画之中，每一个细节，无论多么琐碎，甚至无论多么可怕，在他眼中都是一颗有生命的宝石……所有的这一切宝石都以和谐的方式融合成一个整体，形成一种更高层次的宝石，具有幻象的强度。

——阿道司·赫胥黎

朱迪斯(克里斯托法诺·亚洛里)

　　我的注意力被这幅画所吸引,很着迷地注视着它,注视着朱迪斯打褶的胸衣和被风吹起的那紫色的丝绸长裙。那透露无止境意义的复杂性,形成了一种迷宫!

——阿道司·赫胥黎

西泰尔岛的巡礼(华多)

他的画中的男人与女人吹着笛子,准备去参加舞会或滑稽表演,置身在天鹅绒似的草地上,置身在华丽的树下,等着前往每一位情人梦中的塞西拉。

——阿道司·赫胥黎

大碗岛上的星期日下午（修拉）

　　我们在修拉的画中看出，他是所谓的神秘风景画的卓越大师之一……但是当有人赞美他的作品中有"诗意"时，他却显得十分愤恨不平。

——阿道司·赫胥黎

洪水泛滥中的小舟（西斯莱）

维米尔与其他人类静物画家、中国与日本风景画大师、康斯太勃尔、透纳、西斯莱、修拉以及塞尚，这些是伟大的名字，是难以企及的卓越境地。

——阿道司·赫胥黎

热带风暴中的虎（多阿尼尔·卢梭）

　　距离远会为景色增加吸引力，但是，距离近也会增加吸引力。一张描绘远处高山、云层和瀑布的宋代山水画具有转送作用，但是多阿尼尔·卢梭所画的热带树叶的特写也有转送作用。

——阿道司·赫胥黎

海底世界(汤姆·休厄尔)

《众妙之门》在我十八岁时给予我巨大的影响。其中赫胥黎关于文艺复兴时期绘画作品中服装褶皱的论述,影响了我一生。

——美国多媒体艺术家 汤姆·休厄尔

THE DOORS
OF PERCEPTION

众妙之门

[英] 阿道司·赫胥黎 著
陈苍多 译

目录
CONTENTS

译　序 / 001

众妙之门 / 001

天堂与地狱 / 079

前　言 / 081
附录一 / 144
附录二 / 149
附录三 / 156
附录四 / 171
附录五 / 174
附录六 / 179
附录七 / 181
附录八 / 183

译　序

陈苍多

赫胥黎确实是英国文学史上不可多得的瑰宝，小说与评论皆有惊人的成就，长篇小说《美丽新世界》早已成为脍炙人口的文学经典。他取得的成就除了家学渊源之外，个人的才情与努力也是相当重要的因素。

赫胥黎于一九三七年后移居美国加州，开始相信神秘经验的价值，他在本书《众妙之门》之中描述一些神秘经验所造成的影响，尤其是一九五三年首度服用"麦司卡林"后，他自己记录了过程中所经历的神秘经验，并多所发挥，成为这方面重要的文献。

我们从书中可以看出，赫氏对东方哲学颇有涉猎，尤其是禅宗的"万物静观皆自得"哲学，他更能获得个中三昧。

除此之外,他对中国的山水画也能了然于胸,不亚于他在西洋绘画方面的博学多闻。

一个人到医院去看发疯的妻子,谈孩子的事,结果他发现,更重要的事情是,他那件斜纹夹克出现了美得无法言喻的图样。另一个人在听朋友辩论一件事,感到很厌倦,然后他不自觉地看着自己抓在手中的一点点细沙,忽然发现每颗细沙的精致之美。这些都是透过所谓的"众妙之门""墙中之门"所获得的美妙经验。

所谓"众妙之门"应该是"不经文字,直视这个世界"的一条门径。在这高度文明的世界中,还有多少人拥有这扇"众妙之门"呢?

众妙之门
The Doors Of Pereption

一八八六年，德国药理学家路易斯·莱温首先发表了有关仙人掌的有系统研究，同时他自己的名字也在以后与仙人掌结合在一起。"南美仙人掌"① 成为科学之中的新名词。对于原始宗教，以及墨西哥和美国西南部的印第安人而言，"南美仙人掌"自从邈远的时代以来，一直就像一位熟悉的朋友。其实，不仅仅是朋友而已。借用早期到新世界一游的某位西班牙人的话："他们吃一种根，称之为球顶仙人鞭，敬之如神祇。"

以后，杰出的心理学家，诸如杨施②、哈夫洛克·霭理士③

---

① 南美仙人掌（Auhalonium Lewinii），其中的 Lewinii，即源自路易斯·莱温（Louis Lewin）的姓。——译注

② 埃里克·杨施（Erich Rudolf Jaensch，1883—1940），德国心理学家，以其遗觉象的研究最为著名。——编注（本书注释未加特别说明的均为编注。）

③ 哈夫洛克·霭理士（Havelock Ellis，1859—1939），英国著名心理学家、思想家、作家和文艺评论家，性心理学研究的先驱。

以及韦尔·米切尔①，开始对"球顶仙人鞭"的有效成分"麦司卡林"②进行实验，于是人们就明白为何那些西班牙人对这种东西敬如神祇了。是的，所有这些心理学家，虽然没有像那些西班牙人那样把这种东西当偶像崇拜，但他们全都不约而同地认为："麦司卡林"是一种很独特的药物。如果适量服用，会比任何药物更强烈地改变意识的特性，但较不会有毒性。

自莱温与哈夫洛克·霭理士以后，对于"麦司卡林"的研究时断时续。药剂师不仅分解了生物碱，并且也学会如何以合成的方式制造生物碱，不再依赖一种沙漠仙人掌的时断时续的稀少收成。精神病医生开始服用"麦司卡林"，希望能以第一手的方式更加了解病人的精神过程。虽然心理学家比较不那么幸运，研究的主题太少，研究的环境太狭窄，但是，他们也观察到这种药物有一些较显著的效果，并加以记录。神经学家与生理学家则发现了这种药物对于中枢神经系统的作用。至于哲学家方面，至少有一位职业哲学家服用了"麦司卡林"，希望

---

① 韦尔·米切尔（Weir Mitchell，1829—1914），美国医生、作家。
② 麦司卡林（mescalin），通用名称为三甲氧苯乙胺，别名美色卡、北美仙人球毒碱等，是苯乙胺的衍生物，从墨西哥北部与美国西南部的干旱地一种仙人掌的种子、花球中提取。

可能了解一些古代的谜,诸如心智在大自然中的地位,以及脑与意识之间的关系。

情况一直到两三年前才有了改变:人们观察到一种也许具有高度意义的新事实。[①] 事实上,这个事实一直暴露在每个人面前,已有几十年之久,只是并没有人注意到。后来,一位现在在加拿大工作的英国年轻精神病医生,才惊觉于"麦司卡林"和肾上腺素的化学构造非常相似。进一步的研究显示,麦角酸——取自麦角的一种极为有效的迷幻药——与其他的酸之间

---

① 请参阅以下论文:

《精神分裂:新研究途径》(*Schizophrenia: A New Approach*),作者汉弗莱·奥斯蒙德与约翰·斯迈西斯,见于《心理科学杂志》,第九十八卷,一九五二年四月。

《论疯狂》(*On Being Mod*),作者汉弗莱·奥斯蒙德,见于《萨斯喀彻温精神病服务杂志》,第一卷第二号,一九五二年九月。

《麦司卡林现象》(*The Mescalin Phenomena*),作者约翰·斯迈西斯,见于《英国科学哲学学报》,第三卷,一九五三年二月。

《精神分裂:新研究途径》(*Schizophrenia: A New Approach*),作者艾布拉姆·霍夫尔、汉弗莱·奥斯蒙德与约翰·斯迈西斯,见于《心理科学杂志》,第一〇〇卷第四一八号,一九五四年一月。

还有很多其他论文,论及精神分裂的生物化学、药理学、心理学与神经生理学,以及"麦司卡林"现象,都在进行中。

——原注

有一种结构上的生物化学关系。然后,人们又发现,因肾上腺素分解而产生的肾上腺色素,会造成很多症状,就像"麦司卡林"中毒时所出现的症状。但是,肾上腺色素也许会在人体之中自然产生。换言之,我们每个人都可能制造出一种化学成分,只要微量的这种化学成分就可以造成意识的重大改变。其中一些改变就像在二十世纪最独特的灾难——精神分裂——之中所出现的改变。"精神分裂"这种精神失常是归因于一种化学方面的失常吗?而化学方面的失常又归因于那种影响肾上腺的心理苦恼吗?这样认定会失之轻率与仓促。我们最多只能说,我们是拥有某种表面上的证据。同时,人们也很有系统地追踪着线索;侦探们——生物化学家、精神病医生、心理医生——都在跟踪着线索。

由于一连串极为幸运的情况,我于一九五三年的春天直接抓住了线索。一位"侦探"有事到加州。尽管"麦司卡林"方面的研究已有七十年之久,但是这位"侦探"所能支配的心理材料却极为不充足,所以他急着要加以补充。我当时在场,很愿意——其实是很渴望——当实验品。于是,在一个明亮的五月早晨,我将十分之四克的"麦司卡林"溶于半杯水中,吞服了下去,然后坐下来等待结果。

我们两个人住在一起，彼此影响，彼此有所反应；但在所有的情况中，我们总是两个独立的个体。殉道者手牵手走进竞技场；他们各自被钉上十字架。情人拥抱着，拼命地努力要把隔离的狂喜融合在一起，成为一种单一的自我超越，但是并没有用。就本质而言，每种具体化的心灵都注定要在孤独之中受苦与享乐。感觉、感情、洞察力、幻想——所有的这一切都是私密的，除了经由象征，并以间接的方式进行之外，都是无法传达的。我们能够结合有关经验的信息，却永远无法结合经验本身。从家庭到国家，每种人类的群体都是由宇宙岛[①]所形成的一种团体。

大部分的宇宙岛都在相当程度上彼此相像，足以容许推论性的了解，甚至容许彼此的感情移入。如此，在记得自己的丧失与屈辱时，我们都能够同情那些处于相似情况中的别人，能够设想自己是处于他们的境地中（当然，经常是就一种稍微特殊的意义而言）。但是，在某些情况下，宇宙之间的沟通是不完全的，或者甚至是不存在的。心智就是它自身的所在，而疯狂的人和非常有天赋的人所居住的地方，很不同于平常男人和

[①] 原文为 island universes。宇宙岛，宇宙空间如茫茫大海，每个星系就如同海中的岛屿。此处可理解为孤立的个体的经验体系。

女人生活的地方,所以几乎没有(或完全没有)共同的记忆空间,作为了解同类感觉的基础。话语说出来了,却无法启发。符号所指涉的事物和事件,属于彼此排斥的经验领域。

看我们自己就如同别人看我们——这是一种最为用的资质。几乎同样重要的一种能力是:看别人就如同他们看他们自己。但是,如果别人属于一个不同的物种,住在一个十分不同的宇宙呢?例如,正常的人如何可能知道疯狂的真正感觉呢?又例如,我们并不可能再诞生,成为一个看见幻象的人、一个灵媒①,或一位音乐天才,那么,我们如何可能去造访那种对布莱克②、斯威登堡③、约翰·塞巴斯蒂安·巴赫④而言是原乡的世界呢?一个极端瘦长型和头脑型的人,如何能够设想自己是一个极端矮胖型和消化型的人呢?或者,除了在某些限定的领域之内,又如何可能跟一个极端强壮型和肌肉型的人有同样的感

---

① 灵媒,指一些能够通神、通灵、通鬼的人。

② 布莱克(William Blake, 1757—1827),英国浪漫主义诗人、版画家。

③ 斯威登堡(Swedenborg, 1688—1772),瑞典科学家、神秘主义者、哲学家和神学家。

④ 约翰·塞巴斯蒂安·巴赫(Johann Sebastian Bach, 1685—1750),德国作曲家、演奏家,被尊称为"西方近代音乐之父"。

觉呢？对于纯粹的行为主义者而言，我想这种问题是没有意义的。但是，有些人在理论上相信那些他们实际上知道是真实的事情——即有一种内在的世界可以经验，就像有一种外在世界可以经验一样。对这种人而言，这些问题是真正的问题，因为"存有"而更加严重，有的完全不能解决，有的只能在异常的情况下解决，而解决的方法并不是每个人都拥有。如此，很确定的是，我将永远不会知道：成为约翰·福斯塔夫[①]爵士或成为乔·路易斯[②]是什么感觉。另一方面而言，我总是认为，借由催眠或自我催眠，也就是借着有系统的静坐沉思默想或服用适当的药物，我是可以改变自己的意识模式的，以至于能够从内心知道看见幻象的人、灵媒甚至神秘主义者在说些什么。

我读到了有关服用"麦司卡林"的经验方面的数据，所以事先就预期：服了这种药物后，我至少会有几小时之久进入布莱克和AE[③]所描述的那种内在世界。但是，我所期望的事情并没有发生。我本来期望：闭着眼睛躺着，会看到一些幻象，包

[①] 约翰·福斯塔夫（John Falstaff），莎士比亚戏剧中有名的喜剧人物。——译注

[②] 乔·路易斯（Joe Louis, 1914—1981），美国拳王。——译注

[③] AE，即后文提到的爱尔兰作家、画家乔治·拉塞尔（George Russell, 1867—1935），AE为其笔名。

括多彩的几何图形，生动的建筑物，镶有很多宝石，非常可爱，还有一些风景，有着壮丽雄伟的形体，再有就是一些象征性的戏剧，永远在"终极启示"的边缘颤动着。但是，很显然的，我并没有考虑到我心智的独特性，也没有考虑到我的性情、教育与习惯等事实。

  我不是很高明的视觉型的人，就我的记忆所及，我一直是如此。字语，甚至诗人丰富的字语，都不会在我心中激起图像。在似睡未睡之际，都不会有似醒非醒的幻象在我脑中出现。当我回想什么事情时，记忆并不会像生动的事件或东西那样呈现出来。借着意志的努力，我能够激起一种不很生动的意象，包括昨日下午所发生的事情、兰加诺人在毁桥之前如何检视一番，以及"湾水路"的情况：唯一看得到的巴士是绿色的，体积很小，由老迈的马匹拉着，一小时走三里半的路。但是，这种意象几乎没有实体，完全没有自身的自发生命。它们与那些被知觉到的真实东西的关系，就像荷马笔下的幽魂与血肉之躯的人的关系——这些血肉之躯的人是到地狱去探访这些幽魂。只有当我体温很高时，我的心智意象才会呈现独立的生命。在那些拥有强烈想象能力的人看来，我的内在世界想必透露出很奇异的单调、有限又无趣的意味。我就是期望能够看到这个世界———

个贫乏的世界,但却是我自己的世界——转变成一种完全不同的东西。

在那个世界中所真正发生的改变绝非是革命性的。在服了这种药物后的半小时,我意识到金色的亮光缓缓舞动着。一会儿出现了豪华的红色表面,从明亮的能量中心点膨胀、伸延,而能量则颤动着一种持续变化与呈现图样的生命。还有一次,我闭起眼睛时,脑海中浮现了一种复杂的灰色结构,在这种结构之中,淡蓝色的球面不断出现,变成非常坚硬的东西,并且一旦出现后,会悄悄向上滑动,然后不见了。但是,人类或动物的脸孔或形体却不曾出现。我看不见风景,看不见巨大的空间,看不到神奇的生长物和建筑物的变形,看不到稍微像戏剧或寓言的东西。"麦司卡林"所让我看到的另一个世界并不是幻象的世界。这个世界存在于外面那儿,存在于我能够张开眼睛看到的东西里面。大变化是出现在客观事实的领域之中。发生在我的主观宇宙中的那些事情,是相对不重要的。

我在十一点时服用这种药物。一个半钟头之后,我坐在书房中,专心看着一个小小的玻璃花瓶。花瓶之中只有三朵花——一朵是盛开的葡萄牙玫瑰,呈贝壳样的淡粉色,每一个花瓣的底端都透露出一丁点儿较强烈、似火焰的色调;另一朵是紫红色和奶油色的大康乃馨；第三朵是很明显、很像纹章的鸢尾花，断裂的花茎末端呈淡紫色。这一小束花显得出乎意料，属于临时性，违反了传统美好品味的所有规则。那天早晨吃早餐时，它的颜色所透露的生动的不调和状态，给我留下深刻的印象。但是，这不再是要点了。我当时不是在看着一种不寻常的插花，我是看到了亚当在他被创造出来的那个早晨所看到的东西——裸露的存在物在每个时刻都有奇迹出现。

"感觉很愉快吗？"有人问。（在进行这部分的实验时，所有的谈话都被记录在一台录音机之中，所以我可能重温当时人们所说的话。）

"既不感觉愉快，也不感觉不愉快，"我回答，"它就是存在在那儿。"

Istigkeit——这难道不就是埃克哈特大师①喜欢使用的字眼吗？"存在状态"，也就是柏拉图哲学的"存有"——只不过柏拉图似乎犯了一个严重、怪诞的错误，将"存有"与"变化"分开，将之等同于"观念"的数学抽象。可怜的人儿，他永远不可能看到一束花闪亮着自身的内在之光，几乎在所被赋予的

---

① 埃克哈特大师（Meister Eckhart，约 1260—1327），德国神秘主义哲学家、神学家。他是德国新教、浪漫主义、唯心主义、存在主义的先驱。

意义之下颤动着；他永远不可能知觉到一个事实，那就是，玫瑰、鸢尾花以及康乃馨所强烈象征的，正是它们的本然——一种短暂的状态，然而却是永恒的生命；一种永久的消灭，同时却是纯粹的"存有"；一些微细、独特的东西，借由某种不可言喻然而却不证自明的吊诡，可以在其中看到所有存在物的神圣本源。

我继续看着那些花，在它们生动的亮光中似乎察觉到那种在性质上相等于"呼吸"的现象，但是这种"呼吸"并不会回归到一个出发点，也没有一再出现衰退现象，只是不断从"美"涌向"强化的美"，从"较深的意义"涌向"更深的意义"。我心中出现诸如"优雅"与"美化"的字语，而这当然是这些花所代表的一部分。我的眼睛从玫瑰看向康乃馨，从那像羽毛的白热状态看向那有知觉力的紫色所形成的光滑旋涡状花纹——鸢尾花。"有福的幻象""阿难陀"①"意识状态的福分"——我第一次了解了，不是在词语的层面上，不是借由起始的暗示，或隔着一段距离，而是完全了解这些非凡的音节所指称的对象。

---

① 阿难陀，梵名 Aˆnanda，意为"欢喜、庆喜、无染"。

然后，我记得我在铃木大拙①的一篇文章中所读到的一个段落。"佛陀的法身是什么呢？"（"佛陀的法身"是"心""本质""空""神性"的另一种说法。）这是一位刚学禅的真诚弟子于困惑之余在一间禅寺所问的问题。禅师表现出马克斯兄弟②那种实时顾左右而言他的手法，回答说："花园尽头的篱笆。""所谓了解这个事实的人，"这位刚学禅的弟子以怀疑的口气问，"请问他是什么？"格劳乔③以手杖敲击他的肩膀，回答道："一只金毛狮。"

当初我在读这一段时，觉得它只是一则意义暧昧的无稽之谈。此时它却变得非常清晰了，一如欧氏几何学那么明白。当然，"法身"是花园尽头的篱笆。同时，同样明显的，我——或者神圣的"非我"，从令人窒息的拥抱中摆脱一会儿的时间——所喜欢看的东西就是这些花，就是任何东西。譬如说，我的书房墙壁上所排列的书，它们像那些花一样，当我看着它们时，都闪烁着更明亮的色彩，闪烁着一种更深沉的意义。有红色的

---

① 铃木大拙（D.T.Suzuki，1870—1966），日本著名的禅宗研究者与思想家。

② 马克斯兄弟（Marx Brothers），美国喜剧演员。——译注

③ 格劳乔（Groucho，1890—1977），马克斯兄弟中的一位。

书,像红宝石;有翡翠色的书;有以白玉装订的书;有玛瑙色、海蓝宝石色、黄玉色的书;有青金石色的书,颜色很浓,饱含内在的意义,似乎就要脱离书架,以更坚持的方式强迫我去注意它们。

"空间的关系如何呢?"检视人员在我看着书时问道。

这个问题很难回答。是的,背景看起来很奇怪,房间的墙壁似乎不再吻合正确的角度。但是,这些并不是真正重要的事实。真正重要的事实是:空间的关系已经不再很重要,我的内心是以非空间范畴的方式知觉到这个世界。在平常的时候,眼睛所专注的问题是何处?——多远?——与什么东西处在什么情况?在服用"麦司卡林"药物的经验中,眼睛所关注的暗示性问题,则属于另一种层次。地点与距离不再有很大的重要性了。内心在知觉到这个世界时所采取的方式是:存在物的强度、意义的深度、一种固定的形式之中的各种关系。我看到了书,但完全不关心书在空间之中的位置。我所注意到的,我在内心所获得的印象,是一个事实:所有的书都闪烁着生动的亮光,有些书的光亮程度比其他书更明显。在这种情况之下,位置与三度空间就变得不相干了。当然,"空间"这个范畴并没有被消除掉。我站起来走动时,能够表现得十分正常，不会误判东西的位置。空间还是存在，但它已失去其主要地位。内心所主要关心的对象不是量度与位置，而是存有与意义。

由于对空间不关心，因此对时间更加不关心。

"时间似乎很多。"当检视人员要我说出对时间的感觉时，我只是这样回答。

是有很多时间，至于确实有多少，则是完全无关宏旨的。当然，我可以看看表；但是，我知道我的表是在另一个宇宙之中。我的实际经验已经（仍然）属于一种不确定的持续时间，或者属于一种永恒的现在，由一种不断改变的天启所构成。

检视人员把我的注意力从书导向家具。一张小小的打字桌位于房间中央。从我的地方看来，打字桌的远处是一把柳条椅，柳条椅的远处是一张书桌。这三件家具形成一种复杂的图样，涉及水平、垂直与对角的状态。由于并不是以空间关系的观点去诠释，所以这种图样变得更加有趣。打字桌、椅子与书桌在一种构图中结合在一起，而这种构图就像画家布拉克[①]或

[①] 布拉克（Braque，1882—1963），法国画家，立体主义绘画创始人之一。

胡安·格里斯[①]所画的东西,是一种静物,显然与客观世界有所关联,但变得没有深度,并不企图达到照相写实的状态。我看着我的家具,不是像功利主义者那样必须坐在椅子上,坐在书桌和打字桌旁写字,也不是像摄影师或科学的记录者,而是像纯粹的唯美主义者,只关心形式以及它们在视觉领域或图像空间之中的关系。但是,当我在看的时候,这种纯粹的唯美与立体派艺术家的观点,就被另一种观点所取代了,而这种观点我只能描述为"对于现实的神圣幻象"。我回到了当初在看那些花儿时的情况——回到一个世界,在那儿,一切都闪烁着"内在之光",并且其意义是无限的。例如,那把椅子的腿——其管状是多么神奇,其上过漆的光滑是多么超自然!我花了几分钟的时间——或者是几世纪的时间吗?——不仅凝视着那些竹子椅腿,并且实际上也成为它们——或者说,在它们之中成为我自己;或者,更准确地说(因为在此事之中,"我"并没有涉及;就某一个意义而言,"它们"也没有涉及),在"非自我"(即椅子)之中成为我的"非自我"。

我回顾自己的经验,同意杰出的剑桥哲学家 C. D. 布劳

---

① 胡安·格里斯(Juan Gris, 1887—1927),西班牙画家、雕塑家,立体主义绘画代表人物。

德①博士的见解,他说:"我们应该比现在更加严肃地考虑柏格森②在记忆与知觉方面所提出的那种理论。其中的暗示是:脑部、神经系统与感官的功能主要是排除性的,不是生产性的。每个人在每个时刻都能够记得所有发生在他身上的事情,也能够知觉到宇宙各地正在发生的一切事情。脑部与神经系统的功能是:不要让我们被这么大量的大多为无用与无关的知识所压倒与迷惑。而其方法是:排斥我们在任何时刻会知觉到或记住的大部分事物,只留下可能有实际用途的很小、很特别的部分。"根据这样一种理论,我们每个人可能都是"自由的心智"。但是,由于我们是动物,所以我们的要务无论如何都是"生存"。为了达到生物学上的生存目的,"自由的心智"必须经由脑部与神经系统的活瓣来加以过滤。从另一端过滤出来的东西是一点点的意识,将有助于我们活在这个特殊的星球上。为了有系统地表达这种简化的意识的内容,人类已经发明并不断说明那些符号体系与暗示的哲学,也就是我们所谓的语言。每个人诞

---

① C.D.布劳德(C.D.Broad,1887—1971),英国哲学家、道德伦理学家。

② 柏格森(Henri Bergson,1859—1941),法国哲学家,文笔优美,曾获诺贝尔文学奖。

生在自己的语言传统中,是其受惠者,也是其受害者——之所以是受惠者,是因为语言提供他有关其他人的经验的累积记录;之所以是受害者,是因为语言使他相信,简化的意识是唯一的意识,也因为语言会迷乱他的现实感,所以他容易把自己的概念视为数据,把字语视为真实的事物。在宗教的语言中,所谓的"这个世界",就是那个涉及简化的意识的宇宙,由语言表达出来,也因语言而变得僵硬。人类以不稳定的方式所接触到的各种"另一世界",则是属于"自由的心智"的所有意识中的很多因素。大部分的人在大部分的时间中都只知道一件东西:从脑部与神经系统的活瓣过滤出来,被狭隘的语言尊为真正真实的东西。然而,有些人似乎天生拥有一条迂回道,可以规避那个活瓣。还有些人则可以获得暂时的迂回道——以自然的方式获得,或经由谨慎的"灵修",或经由催眠,或借助于药物。经由这些永久或暂时的迂回道,会有一种流动存在,但所流动的东西并不是对于"宇宙各地正在发生的一切事情"的知觉(因为迂回道并不会把活瓣消除掉,活瓣仍然会排斥"自由的心智"的整个内容),而是另一种东西,不同于那经过仔细选择的功利主义材料,虽然我们狭窄的个人心智将这种材料视为一种完全的——或至少充足的——真实写照。

脑部具有很多酶系统，有助于统合脑部的运作。有些酶会调节脑细胞葡萄糖的供应量。"麦司卡林"会抑制这些酶的产生，如此降低某一种经常需要糖的器官所能使用的葡萄糖的量。一旦"麦司卡林"减少了脑部糖的正常配量，会发生什么情况呢？这方面的研究太少了，因此无法提供一种综合性的答案。但是，有极少数的人在监管的情况下服用"麦司卡林"，其中大部分的情况可以简要归结如下：

一、记忆以及"正确思考"的能力几乎没有减少。（我去听我在这种药物的影响下的谈话录音，并没有发现我比平常愚钝。）

二、视觉印象大为强化，眼睛恢复童年时代知觉的纯净状态："感觉"没有即刻地、机械地受制于概念。对于空间的兴趣减少，对于时间的兴趣几乎减少到零的状态。

三、虽然智力没有受到伤害，虽然知觉大大增进，意志却大大变弱。服用"麦司卡林"的人不觉得有理由去做任何特别的事情。在平常，他会为某些目标采取行动、受苦，但此时他会认为这些目标大部分都是非常无趣的。他无法为这些目标费心，因为他有很正当的理由——他有较美好的事物要加以考虑。

四、这些较美好的事物很可能被经验到（如同我所经验到的）：在"外面的世界"，或在"里面的世界"，或在两个世界，即内在的世界与外在的世界中，同时被经验到或相继被经验到。这些事物是较美好的，这一点对所有服用"麦司卡林"的人而言是不证自明的——只要他们服用时肝脏很健全，心智没有受到困扰。

这些是"麦司卡林"所造成的影响。只要你服用一种药物，会伤害大脑活瓣的运作效率，那么它就会产生这些影响。一旦脑部缺糖时，营养不良的自我就会变得很虚弱，无法从事必要的工作，并对空间关系与时间关系失去兴趣——虽然空间关系与时间关系对于一种专心要在这个世界有所进展的有机体而言，具有重大的意义。当"自由的心智"渗过那不再天衣无缝的活瓣时，各种在生理上无用的事情就会开始出现。有时可能出现超感官的知觉。有的人则会发现一个具有幻象之美的世界。还有的人会见到荣光，见到无限的价值与意义，是来自裸露的生存物，来自非概念化的既定事件。在最终的无我状态中，会出现一种"模糊的知晓"："一切"都在一切之中，"一切"其实就是每一个。我认为，这是一种有限的心智就"知觉到宇宙各地正在发生的一切事情"而言所能达到的最接近境地。

在这种情况下，服用"麦司卡林"后，对于色彩的知觉会大大地增强，这是多么重要啊！对一些动物而言，能够分辨色彩，在生理上是很重要的。但是，一旦超越功利主义范围的界限，大部分的动物则是完全色盲的。例如，蜜蜂大部分的时间都在"破春天新鲜处女的瓜"，但是，就像冯·弗里希[①]所指出的，蜜蜂只能分辨很少的颜色。人类有高度进化的色感，是生理上的一种奢侈，对于拥有智力与心灵的人类而言，是非常珍贵的，但对于身为动物的人类的生存而言，却是不必要的。根据荷马出诸特洛伊战争英雄们口中的说法判断，这些英雄分辨颜色的能力几乎不会优于蜜蜂。就这方面而言，至少人类的进步是很非凡的。

"麦司卡林"会使得所有的颜色具有更高的能量，使得知觉到颜色的人分辨出色调的无数细微差异，而在未服用此药物时，他是完全无法分辨出这些细微差异的。对于"自由的心智"而言，所谓的事物的次要特性会变成主要特性。"自由的心智"并不像洛克[②]，它显然认为颜色比较重要，比质量、状态与体积更值得注意。像服用"麦司卡林"的人一样，很多神秘主义者

---

① 冯·弗里希（Von Frisch，1886—1982），德国动物学家，行为生态学创始人。

② 洛克（John Locke，1632—1704），英国哲学家，经验主义代表人物。

也会知觉到超自然明亮的色彩——不仅以心眼知觉到，甚至也在四周的客观世界中知觉到。灵媒以及高度敏感的人也提出类似的报告。有些灵媒每一天和每一小时都长时间经验到"麦司卡林"服用者那种短暂的灵启现象。

我们在理论方面已进行了长时间却不可或缺的讨论，现在，我们可以回归到神奇的事实——位于一个房间中央的那四条竹椅腿。就像华兹华斯笔下的《水仙花》，这四条竹椅腿也带来了各种财富，包括一种无价的礼物，也就是说，我能以崭新、直接的方式洞察"万物本质"；也包括一种较为适度的宝藏，那就是，对一个领域的理解，特别是在艺术领域。

一朵玫瑰是一朵玫瑰是一朵玫瑰。但是，这些椅腿是椅腿是圣米迦勒[①]与所有的天使。在服药四五小时后，大脑缺糖所造成的影响减弱了。我被带去游览城市，包括日落之前去造访所谓的"世界上最大的药店"。在这间店后面所摆的玩具之中，那些问候卡与连环画充当一排艺术书，令人相当惊奇。我信手拿起一本书。那是论梵高的书，打开的那一页有一张画：《椅子》，是对一件真实的东西的惊人描绘——发疯的画家梵高以

---

① 圣米迦勒（St.Michael），《圣经》中提到的天使，神所指定的伊甸园守护者。

一种敬畏的心情看到这件真实的东西，努力要把它画在画布上。但是，甚至天才的能力也完全无法完成这件工作。梵高所看到的椅子显然在本质上与我所看到的椅子相同。但是，虽然他画中的椅子比一般人知觉到的椅子真实无数倍，然而，它还是对于事实的一种非常有含意的象征。事实是明示的"本质"，而象征只是一种表征。这种表征是有关"万物本质"的真正知识的本源，而这种真正的知识可以让接受它的心智即刻独立自主地洞察"万物本质"。但是，情况仅止于此。"象征"无论多么有含意，它们永远不会是它们所代表的东西。

在这种情况下，有一件事会很有趣，那就是，去研究那些知晓"本质"的伟大人物所能接触到的艺术作品。埃克哈特都欣赏什么类型的画呢？什么雕塑和画作在十字架上的圣约翰①、白隐②、慧能③、威廉·劳④的宗教经验中扮演了角色呢？我无法回答这些问题，但是，我非常相信，大部分知晓"本质"的伟

---

① 圣约翰（St.John），耶稣的十二门徒之一。
② 白隐（Hakuin，1685—1768），日本禅师、艺术家和作家。
③ 慧能（638—713），唐代高僧，中国佛教禅宗六祖，著有《六祖坛经》。
④ 威廉·劳（William Law，1686—1761），英国神秘主义者，灵修大师。

大人物都几乎不去注意艺术——其中有些人拒绝与艺术有任何关系,还有些人则满足于眼光严苛的人心目中的那些二流甚至十流的作品。(如果一个人那被美化以及美化别人的心智能够在每一个当下之中看到"一切",那么,甚至一幅宗教画是一流还是十流,是完全不重要的。)我认为,艺术的对象是初学者,不然就是那些陷入困境的死硬派,他们决定只喜欢"本质"的代用品,只喜欢象征,而不喜欢其所意指的本然,只喜欢编写得很精致的食谱,而不喜欢实际的一餐。

我把那本论梵高的书放回架子上,拿起旁边的那本书。那是一本论画家波提切利[①]的书。我翻一翻。《维纳斯的诞生》——从来就不是我喜欢的画。然后是《维纳斯和战神》,可怜的拉斯金[②]在长久的性悲剧达到最高潮时曾激烈地攻击这幅可爱的画。然后是透露美妙的丰富性与复杂性的《阿佩利斯的诽谤》。然后是一幅比较不熟悉且不是很好的作品《朱迪斯》。此时,我的注意力被这幅画所吸引,很着迷地注视着它,不是注视着苍白又神经质的女主角或她那位侍从,也不是注视着那位受害

---

① 波提切利(Botticelli,1445—1510),意大利著名画家,意大利肖像画先驱。

② 拉斯金(Ruskin,1819—1900),英国作家、艺术家、艺术评论家。

者多毛发的头①,而是注视着朱迪斯打褶的胸衣和被风吹起的那紫色的丝绸长裙。

这是我以前见过的东西——就在那天早晨见过,是位于那些花和家具之间,当时我曾偶然向下看,继续热情地凝视着我自己跷起的双腿。腿上的裤子的那些褶层——那透露无止境意义的复杂性,形成了一种迷宫!而灰色法兰绒的质地——多么丰润,多么具有深沉、神秘的奢侈特性!而这一切又在这儿出现了,就在波提切利的画中。

文明化的人类穿衣服,因此,凡是绘画,凡是神话或历史性的故事叙述,都要呈现有褶层的纺织品。但是,虽然纯粹的裁缝技术可以说明起源,却无法说明为何布匹蓬勃地发展,成为所有造型艺术的一种重要主题。很显然的,艺术家一直为了布匹而喜爱布匹——或者说,为了他们自己而喜爱布匹。当你画出布匹或雕刻出布匹,你就是画出或雕刻出一些形体。这些形体虽然具有实际的目的,却是非具象的——是一种绝对的形

---

① 指朱迪斯砍下的赫罗弗尼斯的头。朱迪斯是《圣经》中《朱迪斯记》中的以色列女子,亚述大军围攻她的家乡,她携女仆潜入亚述军营,获得了统帅赫罗弗尼斯的信任与爱慕。后来她趁赫罗弗尼斯醉酒砍下了他的头颅。

体，甚至最具自然主义传统的艺术家也喜欢放手去加以描绘或雕刻。在一般的圣母或使徒画像或雕像中，严谨的人类因素以及充分的具象因素，说明了整体的大约百分之十。其余的部分则是针对"起皱的羊毛或亚麻布"这个无穷尽主题的很多彩色变奏。圣母或使徒画像或雕像的这十分之九的非具象部分，在量方面很重要，在质方面也可能同样重要。它们时常决定整个艺术品的色调，它们阐明那种表现出主题的基调，它们表达出艺术家的心情、性情、生活态度。禁欲的安详意味自然地呈现在皮耶罗[1]的衣服那光滑的表面以及宽阔又没有扭曲的褶层中。贝尔尼尼[2]在事实与愿望之间挣扎，在愤世嫉俗与理想主义之间挣扎，他使用了大量服装上的抽象表现，缓和了雕刻作品中脸部那种几乎像讽刺画的栩栩如生。服装上的抽象表现，在石头或铜之中具体化了修辞学的永恒陈腔滥调——英勇、神圣、崇高，而这些是人类所永远渴望的，但大部分都徒呼负负耳。我们可以看到埃尔·格列柯[3]所画的裙子与披风，透露出令人

---

[1] 皮耶罗（Piero，1410—1492），意大利文艺复兴初期著名画家。

[2] 贝尔尼尼（Bernini，1598—1680），意大利雕塑家、建筑家，巴洛克艺术主要代表人物。

[3] 埃尔·格列柯（El Greco，1541—1614），西班牙著名的样式主义画家，尤以宗教画著称。

不安的内心；我们也可以看到科西莫·图拉①为作品中的人物画上尖锐、扭曲、火焰般的衣服褶层。在前者之中，传统的心灵特质崩溃了，变成了无以名状的生理渴望；在后者之中则蠕动着一种痛苦的感觉，感觉到这个世界基本上是陌生又有敌意的。或者，请看看华多②的画吧。他的画中的男人与女人吹着笛子，准备去参加舞会或滑稽表演，置身在天鹅绒似的草地上，置身在华丽的树下，等着前往每一位情人梦中的塞西拉③。他们那种强烈的忧郁，以及那种受到的苛责与极为令人痛苦的感性，并不是表达在记录下来的行动中，也不是表达在所描绘出来的手势与脸孔中，而是表达在他们的平纹绉丝裙、缎子披肩与紧身上衣的起伏与质地中。在这儿看不到一丁点儿平滑的表面，看不到一会儿的安宁或自信，只看到无数的小褶痕与皱纹所形成的丝之杂乱，加上无止境的变化——是大师的完美自信所创造出来的内在不稳定——包括"一种色调变化成另一种色调"，"一种不确定的颜色变化成另一种颜色"。在生活中，"谋事在人，

---

① 科西莫·图拉（Cosimo Tura，约 1430—1495），意大利画家，费拉拉画派开创者。

② 华多（Watteau，1684—1721），法国十八世纪洛可可时期最重要的画家。

③ 塞西拉（Cythera），希腊一岛屿。——译注

成事在天"。在造型艺术中，谋事者是主题，成事者最终而言是艺术家的脾性，直接而言（至少在人像画、历史画与风俗画中）是所雕刻或描绘出来的衣服。在其间，这两者可以决定以下这些情况：优雅的节庆场合让人感动得流泪；被钉上十字架的场合十分安详，令人愉快；丑化的场合透露出几乎令人无法忍受的性感意味；描绘女性不寻常的愚蠢（我现在是想到了安格尔[①]笔下那位无与伦比的莫第西埃夫人），则表达出最具严肃意义、最不妥协的智力。

但是，这并不是一切。我已经发现，衣服的发明不只是把非具象的形式引进自然主义的绘画与雕刻中。有些东西，艺术家以外的我们只能借着服用"麦司卡林"才能看到，艺术家却天生有异禀，一直都能看到这些东西。艺术家的知觉并不限于生理上或社会上有用的东西。属于"自由的心智"的一点知识，会渗过脑部与自我的活瓣，进入意识之中。这种知识涉及每一种存在物的内在意义。对于艺术家而言，就像对于服用"麦司卡林"的人而言，衣服是有生命的象形文字，以一种特别有含意的方式，代表了纯粹的"存有"的难解神秘。我那件灰色法兰绒裤子的褶层，甚至比那把椅子——虽然也许比不上那些全

---

① 安格尔（Ingres, 1780—1867），法国画家，新古典主义的代表人物。

然超自然的花——更充满了"本然"。我的裤子的褶层的这种"特权"状态是归因于什么呢？我说不出来。也许是因为有褶层的衣服的形式很奇异又富戏剧性，所以它们吸引人们的眼光，如此把纯然的存在物的神奇事实强加在人们的注意力之上？谁知道呢？重要的并不是经验的理由，而是经验本身。我在"世界上最大的药店"中注视那本书中的朱迪斯的裙子，我知道，波提切利——不仅波提切利而已，还有其他很多人——曾以被美化和美化别人的眼睛看着衣服，就像那天早晨我的眼睛一样。这些眼睛已经看到 Istigkeit（存在状态），已经看到有褶层的布的"一切"与"无限"，并且借着油彩或石头尽力要去呈现出来。结果当然一定是没有获得成功，因为纯粹的存在物的荣光与奇妙是属于另一种层次，甚至最高的艺术也无法表达出来。但是，在朱迪斯的裙子之中，我却能够清楚看到我在自己那件古老的灰色法兰绒裤子之中所不可能看到的东西，也就是因为我不是天才画家所以不可能看到的东西。比起真实的情况来，我看到的并不多，却足够取悦一代又一代的观赏者，足够让他们至少了解一些东西的一点真实意义——我们表现出可怜的愚蠢，称呼这些东西为"只不过是东西"，并且加以忽视，只喜欢电视。

"一个人就是应该以这种方式去看。"我不断这样说,同时我往下看着我的裤子,或者瞄着书架上饰以珠宝的书,瞄着我那张绝不是梵高的椅子的四条椅腿。"一个人就是应该以这种方式去看,这就是事物的真正情况。"然而,其中还是有保留,因为如果一个人总是以这种方式去看,他就永远不会想要做别的事情。只是看着,只是成为花、书、椅子、法兰绒的神圣非自我。这样就足够了。但是,在这种情况下,其他人又如何呢?人类关系又如何呢?在那天早晨的谈话录音中,我发现一个问题不断被重复地问:"人类关系如何呢?"一方面是这种永恒的幸福——看到一个人所应该看到的;另一方面是暂时的责任——做一个人应该做的事,以及感觉一个人应该感觉的事。一个人如何将这两者加以协调呢?"一个人应该能够,"我说,"看出这条裤子是非常重要的,而人类则是更加非常重要的。"一个人应该这样——但实际上似乎是不可能的。一旦涉及明显的事物荣光,就容不下人类存在的平常却必要的利害关系,尤其是容不下涉及个人的利害关系。个人是自我。至少就一方面而言,我此时是一个非自我,知觉着,同时又是我四周的事物的非自我。对于这个新产生的非自我而言,行为、外表、对自我的想法,都暂时不再存在;对于一度是"非自我"的伙伴的那些其他自我而言,"非自我"似乎并不令人不愉快(因为"令人不愉快"并非我借以思考的范畴之一),而是非常不相关的。我被检视人员强迫去分析与报告我自己正在做的事(我多么渴望跟"永恒"一起留在一朵花之中,跟"无限"一起留在四条椅腿中,跟"绝对"留在一条法兰绒裤子的褶层之中!),我体认到自己故意要避开那些跟我一起在房间的人的眼光,故意不要太意识到他们的存在。其中一个人是我的妻子,另外一个是我所尊敬并且非常喜欢的男人。但是两个人都属于我服用"麦司卡林"后所暂时脱离的那个世界——那个世界涉及自我、时间、道德判断与功利主义的考虑;那个世界涉及任性、独断、过分被看重的字语,以及以偶像崇拜方式加以崇拜的观念(我尤其想要遗忘人类生活的这些层面)。

进行到这个阶段时,有人拿给我一幅塞尚①知名的自画像的彩色复制品——只看到一个人的头部与肩膀,头戴一顶大草帽,脸颊呈红色,嘴唇也是红色的,留着一大撮髭须,还有一双不友善的黑眼睛。这是一幅很棒的画,但是我此时所看到的它并不是一幅画。头部立刻呈现第三度空间,具有了生命,像

---

① 塞尚(Cézanne,1839—1906),法国著名画家,后期印象派主将,被称为"现代绘画之父"。

一个小妖怪,从我前面的书页中的一个窗子望出来。我开始笑了。他们问我为什么笑,我就回答:"多么自命不凡啊!"并且还不断重复这样说:"他到底自以为是谁啊?"我这个问题并不是特别针对塞尚,而是针对一般的人类。他们全都自以为是谁啊?

"就像白云石山①中的阿诺德·本涅特②。"我说,忽然记起了一个情景。这个情景很幸运地被永远捕捉在本涅特的一张快照中。快照拍摄的时间是本涅特去世前的四五年,当时是冬天,他沿着科尔蒂纳丹佩佐的一条路蹒跚前进。他的四周是洁白的雪,背景是比哥特式更阴气森然的红色峭壁。可爱、仁慈却不快乐的本涅特正故意以夸张的方式扮演他所喜爱的小说人物角色——他自己,《纸牌》③中的人物。他在阿尔卑斯山明亮的阳光中蹒跚走着,拇指放在一件黄色背心的袖坎中,背心在稍微下面的地方鼓胀着,呈现出布莱顿地方一扇摄政时期的弓形窗的优美曲线——他的头向后仰,好像对着苍穹结结巴巴说出炮弹似的言语。我已忘记他实际上说了什么,但是,他的整个

---

① 白云石山(Dolomites),意大利阿尔卑斯山区中的山峰之一。
② 阿诺德·本涅特(Arnold Bennett, 1867—1931),英国作家。
③ 《纸牌》(*The Card*),本涅特写的一部小说。——译注

仪态、模样和姿势似乎在叫着说:"我不会比那些该死的高山差。"当然,在某些方面,他是胜过它们无数倍,但是他很清楚,就他所喜爱的小说人物所喜欢想象的那方面而言,就不是如此了。

不管是成功(无论"成功"是什么意思)还是不成功,我们全都以夸张的方式扮演了我们所喜爱的小说人物的角色。"实际上身为塞尚"这个几乎完全不可能的事实,并不重要。这位功德圆满的画家,有小小的管道通到"自由的心智",穿过脑的活瓣和"自我"的滤器,他也真正是这个留着髭须、眼睛不友善的小妖怪。

为了舒慰自己的情绪,我把注意力转回到我裤子的褶层。"一个人就是应该以这种方式去看。"我又说了一次。我本来可以再加一句:"这些就是一个人应该注意看的东西。"这些东西并不虚张声势,满足于成为它们自己,在它们的"本质"之中显得充足,不扮演角色,不以疯狂的方式独断专行,脱离"法身",不以魔鬼的身份抗拒上帝的慈悲。

"接近这个境地的最近的方式,"我说,"是一张维米尔[①]

---

① 维米尔(Vermeer,1632—1675),荷兰最伟大的画家之一,荷兰小画派代表画家。

的画。"

是的，一张维米尔的画，因为这位神秘的艺术家具有三种天赋——首先，他具有一种灵视，把"法身"视为花园尽头的篱笆；其次，他具有一种天赋，能在人类能力所允许的范围内尽量描绘这种灵视；第三，他慎思明辨，画画的对象只限于较容易处理的现实层面。虽然维米尔描绘人类，但他经常是静物画家。塞尚要女性模特儿尽量看起来像苹果，也以同样的精神画人像。但是，他那些像苹果的女人，却比较涉及柏拉图的"理念"，而比较不涉及篱笆中的"法身"。她们是看得到的"永恒"与"无限"，不是在沙中或花中，而是在一种很优越的几何学的抽象之中。维米尔不曾要求女孩模特儿看起来像苹果。相反的，他坚持她们是最大限度的女孩——但总是附有一个条件，即不要表现得像女孩。她们可以坐着，或安静地站着，但不能咻咻地笑，不能表现出不自在的模样，不能祈祷，不能思念不在的情人，不能说闲言闲语，不能以嫉妒的眼光注视其他女人的婴儿，不能抛媚眼，不能爱，不能恨，不能工作。要是她们做出任何这些事情，无疑会变得更像她们自己，但是也会因为这个理由而不再显示出她们的神圣与基本的"非自我"。用布莱克的话来说，维米尔的知觉之门只是部分洁净而已。一个门板几乎变得完全透明,但门的其余部分仍然是泥泞的。基本的"非自我"可以在这个善恶世界的物体与生物之中很清晰地被知觉到。在人类之中,如要见到基本的"非自我",只有当人类处于宁静状态中,心智没有受到干扰,身体静止不动时。在这种情况下,维米尔能够看到"本质"呈现出所有超凡的美——能够看到它,并在很小的程度上在一种微妙与豪华的静物中描绘它。维米尔无疑是最伟大的人类静物画家。但是,还有其他画家,例如与维米尔同时的法国画家勒南三兄弟[①]。我想,勒南三兄弟开始时是要成为风俗画画家,但是,他们实际上所画出的作品却是一连串人类静物画。在这些画中,他们对于万物的无限意义所表现出的清净知觉,并不是像维米尔那样是由一种微妙的丰富色彩与质地所呈现出来,而是由一种强化的澄澈、一种强迫性的形式所呈现出来,所使用的是一种严苛而几乎单色的色调。在我们自己这个时代,我们也有一位画家维亚尔[②],他最佳的作品是一些令人难忘的美妙画作,画的是"法身"显

---

① 勒南(Le Nain)三兄弟,分别是安东尼(约1588—1648)、路易斯(约1593—1648)和马修(1607—1677)。他们的作品以高超的作画技巧和对光线及色彩的巧妙运用而著称。

② 维亚尔(Vuillard,1868—1940),法国纳比派代表画家。

示在一间中产阶级的卧房中,"本体"闪烁在一个于郊区花园中喝茶的证券经纪人家庭中。

> 退休的橡胶制品商人任商店闲置,
> 过往行人只有看橱窗摆设的份儿,
> 他在欧特伊的那座花园没有花香,
> 百日草似乎漆了层灰。

对于劳伦特·泰哈德[①]而言,这只不过是可憎的情景。但是,如果这位退休的橡胶制品商人足够静静地坐着,那么,维亚尔就会在他身上只看到"法身",就会把百日草、金鱼池塘、别墅中的摩尔式高塔与中国灯笼,画成"堕落"前的伊甸园中的一个角落。

但是,我的问题还是没有获得回答。这种清净的知觉要如何与以下的情况协调一致呢?——对于人际关系的适当关注、必要的工作与责任,更不用说慈善与实际的慈悲。活跃的人与沉思默想的人之间的长久辩论,正要再度出现——我认为,其激烈的程度是空前的。在这个早晨之前,我所经验到的沉思默

---

① 劳伦特·泰哈德(Laurent Tailhade, 1854—1919),法国诗人。

想是较卑微、较平常的形式——是很散漫的思考；是对于诗、画或音乐的着迷；是对于一些灵感（没有这些灵感，甚至最乏味的作家也无法有任何成就）的耐心侍候；是在大自然中偶尔瞥见华兹华斯[①]"那更加深深地融合的境界"；是井然有序的沉默，有时导致关于"暧昧的知识"的暗示。但是，在这个早晨之后，我却经验到最高点的沉思默想。是最高点，但还不是最充实的状态，因为在最充实的状态中，圣母玛利亚之道包含了马太之道，并将它提升，让它获得自身较高的力量。"麦司卡林"打开了"圣母玛利亚"之道，却关闭了马太之道。"麦司卡林"提供了沉思默想的途径，但这种沉思默想无法与行动并容，甚至无法与行动意志——对于行动的想法——并容。服用"麦司卡林"的人在没有获得灵启的间歇期，很容易感觉到，虽然在某方面，一切最终而言都呈现出正常的状态，但是在另一方面，却有什么不对劲的地方。他的问题基本上与以下这些人所面对的问题是相同的：寂静主义者、"阿罗汉"，以及另一个层次上的风景画家与人类静物画家。"麦司卡林"永远无法解决这个问题，它只能以天启的方式对那些不曾遇到这个问题的人提出

---

① 华兹华斯（Wordsworth，1770—1850），英国浪漫主义诗人，湖畔派诗歌领袖。

这个问题，难住他。只有以下这种人才能发现充分与最终的解决方法：他们准备凭借正确的行为以及正确的持续又自然的机敏去实现世界观。与寂静主义者对立的，是那些积极沉思默想的人、圣者，以及另一种人——用埃克哈特的话来说，这种人准备从极乐世界下来，以便带来一杯水给生病的兄弟喝。"阿罗汉"从现象隐退，进入完全超越的涅槃状态。与他对立的是"菩萨"；对菩萨而言，"本质"以及偶发性的世界是一体的，对他的无止境的慈悲而言，每一种偶发性都是一种场合，不仅适合那种具有美化作用的洞识，也适合最实际的清晰状态。在艺术的世界中，与伦勃朗[①]那包容一切的艺术对立的是：维米尔与其他人类静物画家、中国与日本风景画大师、康斯太勃尔[②]、透纳[③]、西斯莱[④]、修拉[⑤]以及塞尚。这些是伟大的名字，是难以企

[①] 伦勃朗（Rembrandt，1606—1669），荷兰历史上最伟大的画家，欧洲十七世纪最伟大的画家之一。

[②] 康斯太勃尔（Constable，1776—1837），英国风景画家，欧洲风景画的真正奠基者。

[③] 透纳（Turner，1775—1851），英国学院派风景画家，西方最杰出的风景画家之一。

[④] 西斯莱（Sisley，1839—1899），英国印象派风景画家。

[⑤] 修拉（Seurat，1859—1891），法国新印象主义画派重要代表画家。

及的卓越境地。就我自己而言,在这个值得记忆的五月早晨,我只能感激一种经验,这种经验让我看见挑战以及彻底释放的反应所具备的本质,并且比以前更加清楚地看见这种本质。

在我们结束这个话题之前,让我补充一点:凡是沉思默想的形式,甚至最具寂静主义成分的沉思默想,都具有其道德价值。至少有一半的道德都是消极的,都是在于避免危害。主祷词不到五十个字,其中六个字都是要求上帝不要让我们受到诱惑。那些偏颇的沉思默想者留下很多应该做的事没做,但是为了弥补,他们不去做很多不该做的事。帕斯卡[①]说,只要人类学会安静地坐在自己的房间,那么罪恶的总数就会大大减少。知觉已变得清净的那些沉思默想者,不必待在房间。他可以去做自己的事情,非常满意地看到神圣的"万物秩序",并成为其中的一部分,所以他永远不会去沉迷于特拉赫恩[②]所谓的"世界的卑鄙策略"。当我们自认是这个宇宙的唯一继承人时,当

---

① 帕斯卡(Pascal,1623—1662),法国数学家、物理学家、哲学家、散文家。

② 特拉赫恩(Thomas Traherne,约1637—1674),英国作家、玄学派诗人。

"海在我们血管中流动……星星是我们的宝石"时，当万物被知觉为无限又神圣时，我们还可能有什么动机去表现贪婪或坚持己见，去追求权力或更可怕的快感呢？沉思默想的人不可能成为赌徒、皮条客或酒鬼。他们一般而言不会提倡不宽容，也不会作战；他们不需要去抢夺、欺骗或压迫别人。除了这么多消极的美德之外，我们可以再加上一种。这一种美德虽然难以界定，却是积极又重要的。"阿罗汉"与寂静主义者也许不会进行最充分的沉思默想，但是，如果他们去进行的话，他们就可能带回另一个人的启发性报道，带回一个超自然的心灵国度。如果他们以极致的方式去进行，他们会成为一些管道，某种有利的影响力会经由这些管道流出那另一个国度，进入一个象征黑暗自我的世界，他们会因为缺少了这种有利的影响力而慢慢凋萎。

同时，在检视人员的要求下，我把注意力转离塞尚的画像，集中在我闭上眼睛时脑中所进行的情况。这一次，内心的景象都是没有益处的景象，倒是很奇怪。视界之中充满了色彩明亮、不断变化的结构体，似乎是由塑料或有光泽的锡金属所构成。

"很廉价，"我提出了想法，"很琐碎，像廉价商店中的东西。"

所有这一切劣质品都存在于一个封闭、狭窄的世界中。

"情况就好像一个人置身在一艘船的甲板下面,"我说,"一艘廉价的船。"

定神一看,我很清楚地看到,这艘廉价的船在某方面是关联到人类的自命不凡,关联到塞尚的自画像,以及在白云石山中夸张扮演他所喜爱的小说人物的本涅特。这艘廉价的船的这种令人窒息的内里,就是我自己个人的自我;这些廉价又多变的锡与塑料,是我个人对宇宙的贡献。

我感觉到这种教训很有益,但还是觉得很难过,因为这种教训必须在这个时刻以这种形式呈现。一般而言,服用"麦司卡林"的人会发现一个内心世界,它显然是一种资料,很明显的是无限又神圣的,就像我在张开眼睛时所看到的美化的外在世界。从一开始,我的情况就是不一样的。服用"麦司卡林"之后,我暂时有了一种能力:闭着眼睛可以看到东西。但是,"麦司卡林"却无法——至少就这一次而言并没有——为我显露一种内心的景象,稍微可以跟"就在那儿"的花儿、椅子或法兰绒相比。我在内心所知觉到的,并不是"法身"的意象,而是我自己的心,不是"本质",而是一组象征——换言之,是"本质"的粗糙代用品。

大部分的视觉型的人,都会因为服用"麦司卡林"而转化为见到幻象的人。其中有一些——也许比一般人所认为的还多——并不需要转化的过程;他们一直都是见到幻象的人。布莱克所属的那种心智类型的人,甚至在今日的"都市—工业"社会中也分布得很广。布莱克这位"诗人艺术家"的独特性,并不在于(引用他的《描述的目录》中的话)他实际上看到"那些奇妙又独特的东西——《圣经》中所谓的小天使",也不在于"我所幻见到的这些奇妙又独特的东西,有些高达一百英尺……全都包含神话与深奥的意义"。他的独特性完全是在于:他有能力以字语或线条与色彩(后两者比较不成功)描述一种并非极其罕见的经验,至少加以暗示。那些不具天赋的见到幻象的人,可能知觉到一种内在的真实,跟布莱克所看到的世界同样惊人、美丽、有意义,但是,他们却完全没有能力以文学或造型符号的方式去表达自己所看到的东西。

根据宗教的记录以及诗与造型艺术的现存数据,我们可以很明显地看出,在大部分的时间以及大部分的地方,人类对于内心景象所赋予的重要性,高过对于客观存在物所赋予的重要性,并且他们也感觉到,闭起眼睛时所看到的景象,比张开眼睛时所看到的景象,更具高度的精神意义。理由何在呢?熟悉会产生轻视,并且"如何生存"这个问题的急迫性有程度的差别——从"长期的沉闷"到"极度的痛苦"。外在的世界是我们每天早晨醒来时所面对的地方,无论我们愿意或不愿意,都必须在其中谋生。内心世界中既没有工作,也不单调。我们只在梦中以及沉思之中去造访它;它是很新奇的,我们不可能连续两次发现同样的内心世界。如果人类在寻求神圣的境界时,一般而言都喜欢看向内心,那可真是美妙啊!我是说"一般而言",不是"经常"。道家与禅宗在宗教与艺术中,都超越幻象,看向"空",并借由"空"直指客观真实的"万物"。基督教的教义是"圣言成为肉身",所以基督徒应该从一开始就能够对四周的宇宙采取一种类似的态度,但是由于"亚当与夏娃的堕落"成为教义,所以基督徒很难采取这样一种态度。就在三百年前,有一种想法是很正统又可以理解的,那就是,完全否定这个世界,甚至完全诅咒这个世界。"我们对于大自然中的一切不应有惊奇的感觉——除了基督的神人合一。"在十七世纪,拉勒芒[①]的这句话似乎说得通,在今日则透露出疯狂的意味。

① 拉勒芒(Lallemant, 1578—1635),法国耶稣会传教士。

在中国，风景画提升到主要的艺术形式，大约是在一千年前，在日本大约是六百年前，在欧洲则大约是三百年前。禅师们将"法身"视为篱笆，他们将道家的自然主义结合以佛家的超越论。因此，只有在远东，风景画家才有意识地将自己的艺术视为宗教。在西方，宗教画是描绘神圣的人物，说明神圣的经文。风景画家自认是世俗论者。现在，我们在修拉的画中看出，他是所谓的神秘风景画的卓越大师之一。然而，这个画家虽然能够比任何画家更有效地描绘众多中的"唯一"，但是当有人赞美他的作品中有"诗意"时，他却显得十分愤恨不平。"我只是应用'体系'。"他表示抗议。换言之，他只是一位点描画家，在他自己眼中只是如此而已。画家约翰·康斯太勃尔有一则类似的逸事。有一天，晚年的布莱克在汉普斯特德遇见康斯太勃尔。年纪较轻的艺术家康斯太勃尔展示一幅素描画给布莱克看。尽管能够见到幻象的老年人布莱克很轻视自然主义画家的艺术，但是当他看到这种艺术时却知道其中的精彩之处——当然鲁本斯[①]所画的东西除外。"这不是画啊，"他叫出来，"这是灵感！""我是要它成为画。"康斯太勃尔以自己特有的方式

[①] 鲁本斯（Rubens，1577—1640），佛兰德斯画家，巴洛克风格代表画家。

回答。两个人都很正确。它是画,准确又真实的画,但同时它也是灵感——其层次至少像布莱克的灵感那样高。"石南荒地"上的松树实际上被视为"法身"。这幅素描描绘了一种清净的知觉为一位伟大画家那双张开的眼睛所提供的景象,必然是不完美的,却非常令人印象深刻。当代诗人已经从一种沉思默想(属于华兹华斯和惠特曼的传统,属于"法身即篱笆"的传统)退出,已经从涉及内心的"奇妙又独特的东西"的灵视(诸如布莱克的灵视)退出,开始去检视个人的事物,而个人的事物与非个人、非潜意识的事物对立,是以高度抽象的词语去描述既定、客观的事实,不是去描述纯然科学与神学的观念。在绘画的领域中,也有类似的情况出现。我们看到,画家一般而言都从十九世纪很优越的艺术形式——风景画——退出。他们退出后,并不是去接触另一种内在的神圣"数据",即大部分过去的传统学派所关注的"数据",也就是"基型世界",即人类经常在其中发现神话与宗教原始材料的"基型世界"。不,他们是从外在的"资料"退出,去接触个人的潜意识,去接触一个智力世界,而这个智力世界甚至比涉及有意识的个性的那个世界更卑下、更封闭。这些由锡与多彩塑料制成的精巧玩意儿——我以前在何处见过呢?是在展示最近的非具象艺术的每一间画廊中见过。

此时有人拿出一台留声机,把一张唱片放在转盘上。我很愉快地听着,但是没有经验到任何情绪,足以与那些花儿和法兰绒所导致的视觉天启相比。一个有天赋的音乐家,会听到那些对我而言透露出绝妙视觉意味的启示吗?去做这方面的实验会是很有趣的。同时,音乐虽然没有被美化,虽然保留其正常特性与强度,却相当有助于我了解自己的情况,以及情况所引起的较广泛的问题。

很奇怪的是,器乐并无法打动我。莫扎特的C小调钢琴协奏曲在放了第一乐章之后就停下来了,接着是杰苏阿尔多[①]的一些合唱曲。

"这些声音,"我以欣赏的口吻说,"这些声音——它们是回归到人类世界的一种桥梁。"

甚至在唱出这个疯狂王子的作品中那种最惊人的半音阶时,这些声音还是一种桥梁。音乐经由合唱曲起伏的小节持续下去,不曾保持同样的调子,也不曾保持连续的两小节。杰苏阿尔多像是韦伯斯特的闹剧中的一个怪诞角色,在他身上,心

---

① 杰苏阿尔多(Gesualdo,1561—1613),意大利文艺复兴晚期杰出的作曲家。

理的分裂已经以一种极限的程度夸张、扩张了调式音乐（相对于完全的调性音乐）之中所固有的一种倾向。结果作品听起来好像可能是由已故的勋伯格①所写。

"然而，"我感觉自己禁不住要说出来，当我听到这些奇异的作品，作曲者是一位"反宗教改革"精神病患者，从事一种中世纪晚期的艺术形式，"然而，虽然他完全处在分裂状态中，但这并不重要。整体都分崩离析了，但是每个个别的片段却井然有序，代表一种'较高的秩序'。这种'较高的秩序'甚至普遍出现在分裂状态中。整体甚至出现在破碎的片段中，也许比在完全连贯的作品中更清晰地出现。至少，你不会被一种纯然属于人类、纯然是捏造的秩序所催眠，感觉到一种虚假的安全。你必须依赖自己对终极秩序的即刻知觉。所以，就某一个意义而言，分裂可能有其好处。但是，分裂当然是危险的，非常危险的。假定你无法回归，脱离混乱……"

从杰苏阿尔多的合唱曲，我们横越三个世纪的鸿沟，跳到阿尔班·贝尔格②以及《抒情组曲》。

---

① 勋伯格（Schoenberg，1874—1951），美籍奥地利作曲家、音乐理论家，西方现代主义音乐的代表人物。

② 阿尔班·贝尔格（Alban Berg，1885—1935），奥地利作曲家，表现主义音乐的代表人物。

"这一次,"我事先宣称,"将是地狱。"

但是,事实证明我错了。实际上,音乐听起来很有趣。"痛苦"被从个人的潜意识中挖掘出来,跟随在"十二音痛苦"之后。但是,令我印象深刻的只是那种基本的不协调:一方面是一种心理分裂,甚至比杰苏阿尔多的心理分裂更完整;另一方面则是表达这种心理分裂时所使用的天赋与技巧,其资质相当非凡。

"他难道不是为自己感到难过吗?"我表示自己的看法,口气带着嘲讽,缺乏同情。然后我说,"这是猫乐——博学的猫乐。"最后,又经过几分钟的痛苦,"谁介意他的感觉如何呢?为何他不能去注意别的事情呢?"

如此批评一部无疑是很杰出的作品,是不公平又不适当的——但是我认为并非毫不相干。我姑且引用了我当时所说的话,也因为在一种纯粹的沉思状态中,这就是我当时对《抒情组曲》的反应。

结束之后,检视人员建议到花园散步。我很愿意,虽然我的身体似乎与我的心智完全分离——或者更准确地说,虽然我对被美化的外在世界的知觉,不再伴随我对生理有机体的认知,但我却能够站起来,打开落地窗,几乎毫不犹疑地走出去。当然,很奇怪的是,我感觉到"我"并不同于"就在那儿"的手臂和腿部,不同于完全客观的躯干、颈部,甚至头部。是很奇怪,但是不久就习惯了。无论如何,身体似乎完全能够照顾它自己。当然,实际上它总是不会照顾自己。有意识的自我只能陈述愿望,然后,愿望借着有意识的自我所几乎无法控制且完全不了解的力量来加以实现。如果有意识的自我再做任何事情——例如,如果它太努力去尝试,如果它很忧虑,如果它对未来心存恐惧——那么它就会降低那些力量的有效性,甚至可能使得失去活力的身体生病。在我此时的状态下,知觉并不是指一种自我;知觉可以说是独立的。这意味着,那种控制着身体的生理智力也是独立的。那个具有干扰性的神经症患者在清醒的时刻努力要逞威,所幸他此刻暂时不碍人了。

我从落地窗走出去,上面是藤蔓棚架,部分覆盖着攀爬的玫瑰树,部分覆盖着板条,有一英寸宽,板条与板条之间有半英寸的空间。阳光照耀着,板条的阴影在地上以及一把花园椅子的椅座与椅背上形成斑马条纹图案。那把椅子位于藤蔓棚架的这一端,我会忘记它吗?在阴影落在帆布椅套的地方,深色却发亮的靛蓝色条纹,与另一种条纹交互出现——这另一种条纹是一种非常明亮的炽热色彩,很难相信它不是蓝色的火。有一段似乎无限长的时间,我注视着自己所面对的景象,不知道，甚至不想知道那是什么。如果是其他任何的时间，我都会看到一把椅子，上面有亮光与阴影条纹交互出现。今天，"知觉"已经并吞了"概念"。我完全专神地注视着，对于实际上看到的景象感到非常惊奇，所以无法意识到任何其他的东西。花园家具、板条、阳光、阴影——在这件事之后，这些都只是名字与概念，都只是一些语言表达，意在达到功利或科学的目的。这件事就是这一连串的蓝色炉门，被深不可测的龙胆似的深渊所隔开。这件事有不可言喻的奇妙，奇妙到几乎可怕的境地。忽然，我微微了解到疯狂想必是什么感觉。精神分裂症除了有其地狱与炼狱之外，也有其天堂。我记起一个死去多年的朋友曾告诉我有关他发疯的妻子的事。在发疯的初期，妻子仍然有神志清明的时段。有一天，这位朋友到医院跟妻子谈到孩子的事。她倾听了一段时间，然后突然打断他。当时，在那个地方，真正重要的事情是：每当他移动手臂时，他那件棕色斜纹软呢夹克上都会出现美得无法言喻的图案。他怎么可能把时间浪费在两三个不在场的孩子身上呢？啊呀，这种天堂似的清净知觉，这种天堂似的单方面纯粹沉思，是不会持久的。幸福的休息时间变得越来越珍贵，变得越来越短暂，最后不再有了，只剩下恐惧。

大部分服用"麦司卡林"的人只经验到精神分裂的"天堂"

部分。只有以下这种人才会经验到这种药物所带来的"地狱"与"炼狱"部分：最近患黄疸症，或定期为沮丧情绪或慢性焦虑所苦的人。如果"麦司卡林"像作用差可比拟的其他药物一样，以有毒为人所知，那么，服用它就足以引起焦虑了。但是，相当健康的人都事先知道，"麦司卡林"对他而言是完全无害的，其作用会在八或十小时之后逐渐消失，不会有残留物，因此当事者不会渴望再度服用。有了这种了解之后，他会去进行这种实验，不会恐惧——换言之，不会事先想要把一种非常奇异和超人类的经验，转变成一种可怕的东西，转变成一种实际上像魔鬼一样的东西。

我面对一把椅子，椅子看起来像"最后的审判"——或者更准确地说，我面对一次"最后的审判"，而在经过很长的时间以及相当的困难之后，我体认到这一次"最后的审判"是一把椅子——于是我忽然之间处在恐慌的边缘。我忽然感觉到，这是太过分了。太过分了——纵使情况是朝"更强度的美、更深度的意义"进行。我事后回顾，加以分析，发现我是害怕被一种现实的压力所压倒，害怕在这种压力下崩溃。这种压力是我的心智所无法忍受的，因为我的心智习惯于大部分时间都生活在一个舒适的符号世界中。有很多宗教经验的文献提及一种情况：痛苦与恐惧击倒了一些人，因为他们太突然地面对"可怕的神秘"的某种显示。在神学的语言中，这种恐惧是归因于"人的自我中心"与"神圣的纯洁"之间的无法兼容，归因于"人的那种自我加重的分离状态"与"上帝的无限"之间的无法兼容。如果根据波墨①和威廉·劳的说法，我们可以说，不悔改的灵魂只能把最明亮的神圣"亮光"理解为一种燃烧着的炼狱之火。一种几乎同样的教义可以见于《西藏度亡经》②之中。在此书之中，死去的灵魂被描述为从"空无的清澈之光"，甚至从次要和被加以调和的"亮光"痛苦地退缩，以便直冲自我的那种令人舒慰的黑暗，成为一个再生的人类，或甚至成为一只野兽、一个不快乐的鬼魂、一个地狱的居民——成为任何东西，只要不成为绝对的"真实"的燃亮状态！

　　精神分裂症患者是一种灵魂，不仅不悔改，而且病入膏肓。他的病是在于置身于一个粗糙的常识宇宙，一个纯然属于人类的世界，涉及有用的观念、共有的象征以及为社会所接受的传统，而他在其中无法逃避内在与外在的真实（正常的人通常都

---

① 波墨（Boehme，1575—1624），德国神秘主义者和神智学家。
② 《西藏度亡经》，又称《中阴解脱经》，系西藏佛学名著，公元八世纪时被写成经文，详细介绍了西藏佛教秘宗的中阴超度方法。

做得到)。精神分裂症患者就像一个人永远受到"麦司卡林"的影响,因此无法隔绝他对于一种真实状态的经验。他不够神圣,无法与这种真实状态相安无事。他也无法对这种真实状态自圆其说,因为这种真实状态是主要事实中最难应付的。并且由于这种真实状态无法让他以纯然人类的眼光看待这个世界,所以他受到了惊吓,将它那种不断出现的奇异以及极为强烈的意义,诠释为人类恶意或甚至宇宙恶意的显示,需要采取极端的对策——包括从一个极端的危险暴力,到另一个极端的紧张症或心理自杀。一个人一旦走在下坡路,走在地狱路,就永远无法停下来。这一点在此时是太明显了。

"如果你以错误的方式开始,"我回答检视人员的问题,"那么,所发生的一切将证明是对你的阴谋。一切都会自行证实。你每一次呼吸都会知道它是阴谋的一部分。"

"所以你自认知道疯狂的所在?"

我的回答既有信心又衷心:"是的。"

"而你无法控制它?"

"是的,我无法控制它。如果一个人以恐惧和憎恨开始,作为主要的前提,他就必须进行下去,一直到他获得结论。"

我的妻子问道:"你能够把注意力集中在《西藏度亡经》中

所谓的'清澈之光'吗?"

我不确定。

"如果你能掌握它,它会驱除邪恶吗?或者你无法掌握它?"

我对这个问题考虑了一段时间。

"也许,"我终于回答,"也许我能够——但必须有人来告诉我有关'清澈之光'的事情。一个人是无法单独去做的。我想,这是那种西藏仪式的要点——有一个人一直坐在那儿,把情况一一告诉你。"

在听了有关这部分经验的录音后,我取下我那本埃文斯·温茨①版本的《西藏度亡经》,随意打开。"哦,出生高贵的人啊,你的心思不要被分散。"这就是问题——心思不要被分散。无论是对于过去的罪所存有的记忆,无论是想象的快感、往昔的错误与屈辱所导致的痛苦余情,还是一般而言会遮蔽"亮光"的一切恐惧、憎恶与渴望,心思都不要被这一切所分散。佛教的僧侣为临死和已死的人所做的事,现代的精神病医生难道不可能为发疯的人做吗?但愿在白天甚至在他们睡觉时,有一种声音来告诉他们说,尽管有一切的恐惧,尽管有一切的困惑与

---

① 埃文斯·温茨(Evans-Wentz,1878—1965),美国人类学家和作家,首次将《西藏度亡经》翻译成英文。

迷乱，但是，终极的"真实"还是屹立不倒，并且其本质甚至与受到最残酷折磨的心智所发出的内在亮光相同。借着一些方法，诸如录音机、以钟表控制的开关、扩音装置，以及枕边谈话，人们应该很容易让甚至人员不足的精神病院的病患不断想到这个基本的事实。也许，我们可能以这种方式去帮助一些失落的人，在某种程度上控制他们被迫置身其中的宇宙——既美丽又可怕，但经常是超人类的，经常是完全不可理解的。

过了一段时间，我被引离了我的那把花园椅子所散发出的令人不安的光彩。常春藤的叶子形成一种绿色抛物线，从篱笆低垂下来，闪烁着一种似玻璃、似宝玉的光辉。一会儿之后，一团盛开的"叶兰"忽然跃入我的视界之中。它们透露出强烈的生命力，似乎就要发出声音来，花儿都努力要迎向蓝天。就像板条下面的那把椅子，它们表现出太多的抗议姿态。我俯视着叶子，发现最微妙的绿色亮光和阴影所形成的一种多孔状的错综复杂，悸动着无法辨识的神秘。

玫瑰：
花儿容易画，
叶儿就难了。

正冈子规[1]的这首俳句（我在R.H.布莱思[2]的翻译中加以引用）以间接的方式表达出我当时的感觉——花儿那过分的荣光，那太明显的荣光，与叶儿那较微妙的奇迹形成对照。

我们步行出去，走在街上。一辆很大的淡蓝色汽车停在路牙子边。我看到了汽车，突然情不自禁涌起强烈的欢乐感觉。什么样的自得，多么荒谬的自满，从涂着最光滑亮漆的凸出表面散发出来啊！人类创造出这种东西，是根据他自己的影像——或者说，根据他所喜爱的小说人物的影像。我笑得眼泪都滚落脸颊了。

我们重新进入房子。一顿饭已经准备好。有一个还没有跟我步调一致的人开始狼吞虎咽起来。我在相当远的距离看着，没有感到很大的兴趣。

饭吃完后，我们坐进车子，开车去兜风。"麦司卡林"的效用已经在减退：但是花园中的花儿仍然在超自然的边缘颤动着，沿街的花椒树和角豆树仍然明显地属于一片神圣的丛林。

---

[1] 正冈子规(Masaoka Shiki,1867—1902),日本明治时代著名诗人、散文家。

[2] R.H. 布莱思(Reginald Horace Blyth,1898—1964),英国作家。

伊甸园与多多纳①村庄交替出现，"生命之树"与神秘玫瑰交替出现。然后，突然之间，我们置身在十字路口，等待越过"日落大道"。车流在我们前面持续流动——数以千计，全都闪闪发亮，一如广告商的梦，一辆比一辆更荒谬。我又笑得全身痉挛。

"红海"终于分开了②，我们进入树木、草地和玫瑰所形成的另一片绿洲。几分钟之后，我们已经爬到小山中的一个有利位置，城市就展现在我们下面。很令人失望，城市看起来很像我在其他场合所看到的城市。我认为，变形的情况与距离成正比，越近，则越透露美妙的"他性"。这种广阔、黯淡的图景几乎跟原来没有相异之处。

我们继续开车。只要我们是在山中，一个景色取代另一个远处景色，意义就止于日常的层面，无法有所改观。只有当我们转进一处新郊区，在两排房子之间滑行，神奇的力量才又开始运作。在这儿，尽管建筑显露出特殊的可怕模样，却透露超越的"他性"的更新气息，暗示着晨间的天堂。砖造烟囱和绿色构成的屋顶在阳光中闪亮，像是圣城新耶路撒冷的片段。突

---

① 多多纳（Dodona），著名神谕所在的希腊村庄。——译注

② 指《圣经·出埃及记》中，摩西让红海海水分开，以色列人顺利通过的故事。

然之间,我看到瓜尔迪①所看到并时常在其画中所描绘的景色(技巧多么无与伦比啊!)——一道灰泥墙,一片阴影倾斜着,空茫茫,却透露令人无法忘怀的美;空洞,却充满各种存在的意义与神秘。"天启"在一刹那之间出现又不见。汽车继续移动,时间正在揭露永恒"本质"的另一种显示。"同中有异。但是,'异'不同于'同',绝不是一切诸佛的本意。他们的本意是'全体'与'分化'兼具。"例如,这一堆红色与白色的天竺葵——它完全不同于那道位于道路一百码远的灰泥墙。但是两者的"本然"是相同的,它们同样是永远无常的。

一小时之后,我们又行驶了十里路,"世界上最大的药店"之行早已抛诸我们脑后了;我们回到了家,而我已经回归到那种令人安心却非常令人不满足的状态——所谓的"处在正常的心智中"。

一般来说,让人类不要"人为的天堂",似乎是不可能的。大部分的男人与女人所过的生活,最差的程度可以用"痛苦"来形容,最好的程度可以用"单调""可怜""受限"来形容,所以逃避的冲动、超越自己(就算只有一会儿的时间)的

---

① 瓜尔迪(Guardi,1712—1793),意大利画家,被认为是印象主义的先导。

渴望，是（且一直是）灵魂的主要欲望之一。艺术与宗教、欢宴与狂欢、跳舞与倾听演讲——所有的这一切，以 H.G. 威尔斯[①]的话来说，已经成为"墙中之门"。就私底下以及日常的使用而言，人类一直有化学麻醉剂。所有的植物镇定剂和催眠剂、所有长在树上的欣快剂、在浆果中成熟或可以从根中挤出的迷幻药——全都为邈远时代的人类所知晓，并有系统地使用。除了这些天然的意识改变剂之外，现代科学又增加了化学合成物——例如三氯乙醛、苯丙胺、溴化物以及巴比妥酸盐。

现在，人们都不准服用大部分的这些意识改变剂——除非经过医生的指示，或者除非是非法使用，冒很大的危险。西方各国只有在酒精与烟草的使用方面是没有限制的。所有的其他化学性"墙中之门"都被标示为"麻药"，违法服用的人则被标示为"恶魔"。

现在，我们花在喝酒与抽烟的钱，比花在教育的钱多很多。这当然没有什么惊人之处。几乎每个人时时刻刻都有逃避自我与环境的欲望。只有父母才有为年轻人做事的强烈欲望，并且只有在孩子上学的几年之中才有这种欲望。现今人们对于喝酒

---

① H.G. 威尔斯（Herbert George Wells, 1866—1946），英国著名小说家，尤以科幻小说创作闻名于世。

与抽烟的态度也同样没有什么惊人之处。尽管无药可救的酒鬼越来越多，尽管酒醉驾车每年造成好几十万人的死伤，但是通俗的喜剧演员仍然在说着有关酒精以及沉溺于酒精的人的笑话。尽管证据显示香烟与肺癌有关联，但是，几乎每个人都认为抽烟跟吃饭一样正常。从理性功利主义者的观点来看，这种情况也许是很奇怪的。在历史学家看来，这是不足为奇的。虽然中世纪的基督徒坚信地狱的真实存在，但他们照样去做野心、色欲或贪婪之心所驱使他们去做的事。肺癌、交通事故，以及数百万本身痛苦又引起别人痛苦的酒鬼，都是事实，比但丁时代"地狱"的事实更加明确。但是，所有的这些事实比起眼前心中所感觉到的事实——在此时此地渴望放松与镇定，渴望喝酒与抽烟——则是很遥远的，很不实际的。

我们的时代可以说是汽车的时代，也是人口膨胀的时代。"酒精"与"道路的安全"是不能并存的，而其结果，就像烟草所造成的结果，导致数百亩最肥沃的土地荒废。不用说，酒精与烟草所引起的问题是不能以禁止的方式来解决的。那种普遍与永远存在的自我超越欲望，是不能借着关起现今很流行的"墙中之门"来解决的。唯一合理的策略是打开其他较好的门，以期导引男人与女人戒除原来的坏习惯，代之以较没有伤害性的新习惯。在这些其他较好的门之中，有一些在本质上是社会方面和技术方面的，有一些是宗教方面或心理方面的，还有的是饮食、教育、运动方面的。但是，人们需要经常有化学方面的假期，以脱离令人无法忍受的自我和令人厌恶的环境；这种需要无疑是会继续存在的。我们所需要的是一种新的药物，它会舒慰痛苦的人，而其长远方面的害处不会大于短期方面的好处。这样一种药物必须是微量就能发挥作用，并且能够以人工合成的方式制造。如果它不具有这些特性，则其生产，就像葡萄酒、啤酒、烈酒与烟草的生产一样，将会干扰不可或缺的食物与纤维的种植。它必须不像鸦片或可卡因那么有毒，不会像酒精或巴比妥酸盐那样可能产生不良的社会后果，不会像香烟的焦油和尼古丁那样有害心脏与肺部。就积极的一面而言，它应该造成意识方面的变化，并且这种变化更加有趣，更具有本质上的价值，不仅具有纯然的镇定或梦幻作用，不仅是对万能力量的错觉或对束缚的解脱。

对大部分人而言，"麦司卡林"几乎是完全无害的。它不像酒精，不会驱迫服用的人去采取不受抑制的行动，导致争吵、暴力犯罪和交通事故。一个服用"麦司卡林"的人会很安静地只管自己的事。而且，他所管的事是最具启发性质的经验，不必以补偿性的"宿醉"作为代价(这一点确实很重要)。关于定期服用"麦司卡林"的长期结果,我们所知很少。印第安人虽然服用仙人掌素,但在生理上或道德上似乎都没有因为这种习惯而有堕落的现象。无论如何,可资利用的证据仍然很少,很不完全。①

---

① J.S. 斯洛特金教授写了一篇专题论文,发表于一九五二年十二月的《美国哲学学会会报》,名为《梅诺米尼地方的仙人掌素教徒》(Menomini Peyolism)。他在其中写道:"对于仙人掌素的习惯性使用,似乎并不会增加耐药性或依赖性。我认识很多人,他们成为仙人掌素教徒已经四五十年。他们所使用的仙人掌素的量取决于场合的严肃性。一般而言,他们现在服用的量不像几年前那么多。还有,两次仪式之间有时间隔一个月或更久,他们在这段期间不服用仙人掌素,并不会因此渴望服用。就我个人来说,甚至在连续四个周末的一连串仪式之后,我既没有增加服用仙人掌素的量,也没有感觉需要继续服用。""仙人掌素不曾在法律上被宣称为麻醉剂,联邦政府也不曾在法律上禁止其使用",其中显然有充分的理由。然而,"在印第安人与白人接触的长期历史中,白人官员通常都试图要禁止仙人掌素的使用,因为他们认为,仙人掌素违背他们自己的风俗。但是这种企图一直没有成功"。斯洛特金博士在一则附注中补充说:"听到一些有关仙人掌素的作用以及仪式的性质的奇异故事,真是令人惊奇。这些故事是梅诺米尼保留区的白人官员与信仰天主教的印第安人官员说出来的。这些官员之中没有人有过一点点服用这种药物的第一手经验,也没有一点点有关这种宗教的第一手经验,然而有些人却想象自己是权威,写出有关这个问题的正式报告。"——原注

虽然"麦司卡林"显然胜过可卡因、鸦片、酒精与烟草，但是它还不是理想的药物。除了大部分人在服用"麦司卡林"后感觉到快乐的美化作用之外，还有少数人在服用后只觉身陷地狱或炼狱。而且，如果作为一种像酒精一样普遍为人使用的药物，其作用所持续的时间显得太长了。但是，今日的化学与生理学几乎可以做出任何事情。如果由心理学家和社会学家来界定理想的事物，那么，我们可以依赖神经学家和药理学家去发现方法，以便能够实现心理学家和社会学家所界定的理想，或者至少能够更加接近这种理想（由于性质的缘故，这种理想也许永远无法完全实现），比豪饮葡萄酒的过去，以及喝威士忌、抽大麻和大量服用巴比妥酸盐的现在，更加能够接近这种理想。

我已说过，超越"自我意识的自我"的欲望，是灵魂的一种主要的欲望。一旦男人和女人无论基于什么理由，无法借由崇拜、美好作品与灵修来自我超越，他们就容易诉诸宗教的化学性替代物——在现代欧美地区是酒精与镇定剂，在东方是酒精与鸦片，在伊斯兰教世界中是印度大麻，在中美是酒精与大麻，在安第斯山脉是酒精与可卡因，在比较现代的南美地区是酒精与巴比妥酸盐。在《神圣的毒药，美妙的酒醉》一书中，菲利普·德·菲利斯①引用很多文件，详细述及宗教与服用药物之间邈远的关系。我在这儿就以概括或直接引用的方式写下他的结论。为了宗教目的而使用有毒的东西是"非常普遍的……在此书中所研究的习俗，可见之于地球上的每个地区，见之于原始人之中，也见之于最高度文明的人之中。因此，我们所面对的不是一些可以忽视的异常事实，而是一种一般的现象，以及一种人类的现象（就'人类'一词的最广泛意义而言）。只要一个人想要发现宗教是什么，以及宗教所必须满足的深度需求是什么，那么，他就不能忽视这种现象"。

就理想而言，每个人都应该能够在一种纯粹宗教或应用宗教的形式中发现自我超越。但实际上，这种对于圆满状态的希望似乎是不可能实现的。世界上是有（并且一定经常会有）很好的男信徒和很好的女信徒，对他们而言，很不幸的，虔诚是不足够的。已故的 G.K. 切斯特顿②至少以抒情的方式写及"虔诚"，也写及"饮酒"；他可以作为这些信徒很有说服力的代言人。

---

① 菲利普·德·菲利斯（Philippe de Felice），法国作家。

② G.K. 切斯特顿（Gilbert Keith Chesterton, 1874—1936），英国作家、文学评论家、神学家。

现代的教会，除了一些新教教派之外，都容忍酒精；但是，就算是最容忍的教会也没有努力把麻药引介进基督教之中，也没有把麻药使用于圣餐之中。虔诚的酒徒不得不在一个小房间中接受宗教，却在另一个小房间中接受宗教替代物。也许，这是无法避免的。只有那些不看重礼节的宗教才可能将喝酒纳入圣餐之中。崇拜酒神或凯尔特人的啤酒之神是一件喧嚣又紊乱的事情。基督教的仪式甚至与宗教性的饮酒也是不兼容的。这一点并不会伤害到制酒的人，但对于基督教而言却很不好。无数的人欲想自我超越，会很乐于在教堂中发现它。但是，啊呀，"饥饿的羊仰起头，并没有吃饱"。他们参加仪式，他们倾听讲道，他们重复祷告，但是他们的渴望并没有获得缓和。他们在失望之余转向酒。这样做至少有一段时间就某一方面而言是有用的。他们可能还是去教堂，但教堂只不过是巴特勒①在《乌有之乡》中所描述的"音乐银行"。他们可能还是承认上帝，但上帝只是口头层次的上帝，是非一般意义的上帝。实际的崇拜对象是酒，唯一的宗教经验是在喝了第

---

① 巴特勒（Samuel Butler，1835—1902），英国作家。《乌有之乡》（Erehwon）是巴特勒的第一部作品（1872），是一部乌托邦式的讽刺小说，Erehwon 其实就是 nowhere（没有的地方）的反写。

三杯鸡尾酒后接着而来的那种陶醉感——不受拘束又容易惹事的陶醉感。

因此，我们看出，基督教与酒精并没有混杂在一起，也无法混杂在一起。基督教与"麦司卡林"似乎比较可以兼容。这一点已经由很多印第安人部落加以证明——从得克萨斯州一直远到北部的威斯康星州的印第安人部落。在这些部落之中，有成群的印第安人与"美国土著教会"有所关联。"美国土著教会"是一个教派，其主要的仪式是一种"早期基督教徒联谊宴会"或"爱的祝典"，在其中，仙人掌素取代圣餐的面包与酒。这些美国土著把仙人掌素视为上帝赐给印第安人的特别礼物，认为它的作用等同于圣灵的运作。

J.S.斯洛特金教授是少数参加"仙人掌素教徒"会众仪式的白人之一，他在谈到同伴的信徒时说，他们"确实没有变得失神或酒醉……他们不曾像喝醉酒或失神的人那样行为脱节或言语含糊……他们全都彼此显得很安静、有礼、体贴。我不曾在任何白人的礼拜堂中感觉到这么强烈的宗教气息或礼节表现"。我们也许会问道：这些虔诚又守规矩的"仙人掌素教徒"经验到什么呢？并不是温和的美德感觉，并不是礼拜天上教堂的一般信徒在沉闷的九十分钟之中所经历的那种美德感觉，甚至也不是虔诚的教徒在想到"造物主"和"救世主""审判者"和"圣灵"时所被激发出来的那种强烈的感觉。对这些美国土著而言，宗教的经验是更直接又具启蒙作用的，是更自然的，不是表面、自觉的心智所产生出来的粗糙东西。根据斯洛特金博士所收集到的报告，有时他们会看到幻象，也许是基督本身。有时他们会听到"伟大圣灵"的声音。有时他们会意识到上帝的存在，也意识到一些个人缺点的存在——如果他们要完成上帝的旨意就必须改正这些个人缺点。以这种化学的方式打开进入"另一世界"的门，其实际的结果似乎是完全良好的。斯洛特金博士报告说，通常的"仙人掌素教徒"整体而言比非"仙人掌素教徒"更勤勉、更节制（他们之中有很多人滴酒不沾），也比非"仙人掌素教徒"更和平。如果一棵树长出这种令人满意的果实，就不能随意被谴责为邪恶。

"美国土著教会"的印第安人在圣餐中使用仙人掌素；他们这样做，就心理而言很健全，就历史而言很值得尊敬。在基督教的最初几个世纪之中，很多异教仪式与节庆可以说被施以浸礼，用以达到教会的目的。这些欢乐并不特别具有教化作用，但是它们却缓和了某种心理饥渴。较早期的传教士并没有试图去压制这些欢乐，反而接受它们的本然，也就是说，他们是以满足灵魂的方式表达基本的欲望。这些传教士也将这些欢乐纳进新宗教的结构之中。美国土著所做的事情基本上是类似的。他们实行一种异教习俗（顺便一提，这种习俗比取自欧洲异教的大部分粗野狂欢和哑剧更有提升和启发作用），并赋予它一种基督教的意义。

虽然服用仙人掌素的习惯，以及以它为基础的宗教，只是最近才引进北美，但它们却已经变成印第安人争取精神独立的权利的重要象征。有些印第安人对白人的高高在上所采取的反应是：他们自己变得美国化；有些印第安人的反应则是：退隐到传统的印第安人主义之中。但是，还有一些印第安人则努力要善加利用两个世界，事实上是善加利用所有的世界——最佳的印第安人主义、最佳的基督教，以及那些象征超越的经验的"另一世界"中的最佳者——在后者之中，灵魂知道自身是无限的，具有神圣的性质。因此，"美国土著教会"就这样产生了。在这个教会之中，灵魂的两大欲望——独立与自主的欲望，以及自我超越的欲望——与第三种欲望融合在一起，那就是，去崇拜，去将上帝对待人类的方式合理化，借着一种一致的神学去说明宇宙。

> 看啊，可怜的印第安人，他们心智粗野，
> 身体的前面遮蔽了，后面却裸露着。

但是，事实上却是我们，即富有与受到高度教育的白人，后面裸露着。我们以某种哲学——基督教、马克思主义、"弗洛伊德—物理主义"——遮蔽前面的裸露，但是后面却没有遮蔽，任所有风雨的吹打。另一方面而言，可怜的印第安人却很有机智来保护自己的后面，也就是，用"超越的经验"这条腰布来补充"神学"这片无花果叶。

我不会那么愚蠢，认为服用"麦司卡林"或任何其他药物——经过调制的，或未来可以调制的——之后所出现的情况，就是等于体现人类生活的目的与最终目标："启发"与"有福的灵魂"。我所暗示的是：服用"麦司卡林"的经验是天主教神学家所谓的"一种无偿的恩宠"，非救赎所必需，但如果可资利用，则可能有所帮助，并且要以感谢的心情接受。脱离平常知觉的窠臼，在几个永恒的时辰中看到外在与内在的世界，而外在与内在的世界不是那些专注于生存的动物或那些专注于字语与观念的人类所看到的世界，而是"自由的心智"以直接和绝对的

方式所理解的世界——这一切对于每个人,尤其是对于有智力的人,是一种价值无法估计的经验。就定义而言,"有智力的人"认为,"字语基本上是有益的"——借用歌德的话。"有智力的人"认为,"我们用眼睛所知觉到的东西,对我们而言是陌生的,不一定会让我们留下深刻的印象。"然而,虽然歌德自己是一个有智力的人,也是语言的卓越大师之一,但他并不一直同意自己对于字语的评价。他在中年时写道:"我们谈得太多了。我们应该少谈话,多画画。我个人很想完全放弃言语,像有机的大自然一样,把自己必须说的一切用素描来传达。那棵无花果树,这条小蛇,在我的窗棂上等待其未来的那个蚕茧——所有的这一切都是重要的讯号。如果一个人能够适当地辨读其意义,不久就可以完全不要书写或言谈的字语。我越思考,就越觉得言语很无效、很平凡,甚至(我不得不说)很矫饰。对照之下,当你与大自然面对面,专心站立在一座不毛的山脊前,或站立在古老小山的荒芜中,大自然的引力及其沉默会多么震惊你啊。"我们永远不能没有语言以及其他符号体系,因为我们是借由它们,只有借由它们,才超越动物,到达人类的层次。但是,我们容易成为这些体系的受益者,也容易成为其受害者。我们必须学会如何有效地使用字语,但是我们也必须同时维护

(如果必要的话，强化）我们的能力，以便能够直视这个世界，不是经由半透明的概念媒介，因为这种半透明的概念媒介会扭曲每种既定的事实，使之很像一种一般性的标记或说明性的抽象观念。

无论是文学的还是科学的，无论是通才的还是专业的，我们所有的教育显然是字语方面的，因此很难完成应该完成的事。我们的教育没有把孩童变成充分发展的成人。我们的教育制造出学习自然科学的学生，但这些学生完全没有意识到大自然是主要的经验事实。我们的教育把学习人文科学的学生强加在这个世界上，但这些学生对于人性一无所知——无论是他们自己的人性，还是任何其他人的人性。

格式塔心理学家，诸如塞缪尔·伦肖[①]，已经发明出方法，用来扩展人类知觉的范围，增加其敏锐性。但是，我们的教育人员有应用这些方法吗？答案是：没有。

涉及"心理—生理"技巧的每个领域，从观看到打网球，从走钢索到祷告，其中的教师们已经借着尝试和改正错误的方式，发现了那些在其特别领域中发挥功能的最佳条件。但是，难道有任何一个重要的"基金会"曾资助一个计划，把这些经

---

① 塞缪尔·伦肖（Samuel Renshaw, 1892—1981），美国心理学家。

验性的发现转变成具有高度创造性的一般理论与实践吗？就我所知，答案还是：没有。

各种狂热的崇拜者以及怪异的人，教导各种获得健康、满足、宁静的技巧。在很多的听众看来，其中很多技巧显然有效。但是，难道我们有看到令人尊敬的心理学家、哲学家以及教士，大胆地进入这些奇怪以及有时有臭味的井中，去寻求时常被贬到井底的可怜"事实"吗？答案再度是：没有。

现在，请看看研究"麦司卡林"的历史。七十年以前，具有第一流能力的人描述了一些人的超自然经验，这些人在健康良好、情况适当以及态度正确的状态下服用这种药物。有多少哲学家，有多少神学家，有多少专业教育人员曾经有好奇心去打开这道"墙中之门"呢？答案实际上还是：没有。

在一个教育显然是字语方面的世界中，受到高度教育的人都认为，他们几乎不可能很严肃地去注意字语和概念以外的任何东西。你总是可以获得金钱，你总是可以获得博士学位——只要你表现出博学的愚蠢，去研究学者们心中最重要的问题：谁影响谁在何时说出什么？甚至在这个科技的时代，字语方面的人文科学也很受到尊敬。非字语方面的人文科学，即如何直接意识到我们的存在的既定事实，则几乎完全被忽视。一份目录、一份书目、一个三流诗人诗作的限定版本、一份结束所有索引的庞大索引——任何真正研究古代杰作的计划,都一定会获得赞同与金钱的资助。但是,一涉及你和我——我们的孩子和孙子——如何可能变得更有知觉能力,更强烈地意识到内在与外在的真实,更加接触"心灵",较不会因为心理治疗失当而患生理的疾病,较能够控制我们自己的自律神经系统——一涉及任何形式的非字语方面的教育,比"瑞典式训练"更基本(也更可能有实际的用途),则任何真正可敬的大学或教会中,都不会有真正可敬的人去做任何事情。善用字语的人不信任非字语;理性主义者恐惧非理性的既定事实;知识分子认为,"我们借着眼睛(或以任何方式)所知觉到的东西,对我们而言是陌生的,不一定会让我们留下深刻的印象"。除外,这种非字语人文科学方面的教育,也不适合任何固定的窠臼。它不是宗教,不是神经病学,不是体育,不是道德或公民学,甚至不是实验心理学。情况既然如此,就学术和宗教的目的而言,这个问题是不存在的,可以完全忽视,或露出神气十足的微笑,留给一些人去处理,也就是留给字语正统派的伪君子即称之为怪人、骗子、江湖术士以及不合格的业余人士的那些人去处理。

"我经常发现,"布莱克很尖酸地写道,"天使会很自负地谈到自己是唯一聪明的人。他们这样做时,表现出一种有信心的傲慢姿态,是源自有系统的推论。"

有系统的推论是我们身为人类或个人所不可或缺的。但是,如果我们要处在心智健全的状态中,我们也不可能没有直接的知觉,去知觉到我们出生其中的内在与外在世界,并且这种知觉越没有系统越好。我们出生其中的内在与外在世界是既定的真实,是一种"无限",完全无法为人所了解,然而却可以以直接的方式以及完全的方式为人所觉察。这是一种超越自然的状态,属于超人类的另一种层次,却可以呈现给我们,成为一种被感觉到的内在性,一种被经验到的参与。受到的启示就是:经常意识到整体的真实处于其内在的"他性"之中——意识到整体的真实,然而却处于一种状态中,以动物的身份生存,以人类的身份思想与感觉,只要方便就诉诸有系统的推理。我们的目标是:去发现我们一直置身在我们应该置身的地方。很不幸,我们让这件工作变得过分困难。然而,同时却有"无偿的恩宠"存在,也就是部分与短暂的认知。在一种比我们的教育制度更实际,较不那么全然是字语方面的教育制度之下,每一位"天使"(布莱克心目中这个字眼的意义)将可以获得一种安宁的享受，将会受到激励，如果必要的话，甚至将会被强迫时而穿过一种化学的"墙中之门"，进入超越自然的经验的世界中。如果他受到惊吓的话，那会是很不幸的，但也许会是有益的。如果他获得短暂却又无限的启示，那更好。无论是哪一种情况，"天使"都可能失去一点有信心的傲慢姿态——源自有系统的推论，以及意识到自己读了所有的书。

阿奎纳[①]在晚年时曾经验到"被灌注的沉思默想"。从此之后，他拒绝回去进行未完成的作品。与此事相比，他所阅读、辩称和写到的一切——亚里士多德与"警句"、"问题"、"命题"、庄严的"总结"——都不会胜过谷壳或稻草。对大部分的知识分子而言，这样一种"静坐罢工"会是不智的，甚至在道德上是错误的。但是，这位"天使般的学者"却比十二位普通天使中的任何一位做了更有系统的推论，并且已经准备面对死亡。他已经在生命的那最后几个月之中赢得权利，可以从纯然象征性的稻草和谷壳转移到象征实际与实质的"事实"的面包。对于较低层次以及较有长寿可能的"天使"而言，"回归稻草"一定是存在的。但是，一旦一个人从"墙中之门"回来，

---

① 阿奎纳（Aquinas，约1225—1274），欧洲中世纪哲学家和神学家，经院哲学的集大成者，被基督教会奉为圣人，有"神学界之王"之称。

他就永远不会和从"墙中之门"出去的人一样。他会比较明智，但比较不独断，比较快乐，但比较不自满，比较谦卑地承认自己的无知，然而却较能够了解"字语"与"事物"之间的关系，较能够了解"有系统的推论"与"它努力要去了解却永远无法了解的深奥'神秘'"之间的关系。

天堂与地狱

Heaven and Hell

前　言

　　这本小书是《众妙之门》的续集。如果"幻象之烛"永远不会在一个人心中自然地燃烧，那么，对他而言，服用"麦司卡林"的经验就会具有加倍的启示作用。这种经验会照亮他自己内心那些未为人知的领域，同时也会以间接的方式照亮别人的内心，而别人内心的幻象比他自己内心的幻象更加丰富。他沉思自己的经验，对于某些情况有一种又新又较清楚的了解，包括别人的内心知觉、感觉与思考的方式、对于别人的内心而言不辩自明的那些宇宙性观念，以及别人的内心借以自我表达的那些艺术作品。在以下的部分，我试图以多多少少有系统的方式写下这种新的了解所产生的结果。

阿道司·赫胥黎

在科学的历史中，标本采集者是在动物学家之前，在自然神学与魔术的解说者之后。标本采集者不再以《动物寓言集》的作者的态度研究动物，因为这种作者认为，蚂蚁是"勤奋"的化身，豹是基督的象征（很令人惊奇），而臭猫则是"淫荡"的惊人例子。但是，除了就初步的意义而言之外，标本采集者还不是生理学家、生态学家或研究动物行为的学者。他们所主要关心的是：进行统计调查，以及尽可能捕捉、杀害、剥制以及描述很多种类的野兽。

我们的内心就像一百年前的地球，仍然有其最黑暗的非洲、地图上没有标示的加里曼丹岛及亚马逊河流域。谈到这些区域的动物，我们还不是动物学家，我们只是自然主义者和标本采集者。这个事实是很不幸的，但我们必须接受它，必须善加利用它。无论采集的工作多么卑微，还是必须去做，如此我们才能去进行较高级的科学性工作，包括分类、分析、实验以及理论的建立。

就像长颈鹿以及鸭嘴兽,在我们的内心中,这些居住在较遥远区域的动物是极不可能存在的。无论如何,它们是存在着,它们是观察后的事实,因此,只要一个人真诚地想要了解自己所生活的世界,他就不能忽视这些事实。

除非从涉及实质东西的较熟悉的宇宙中引用、比喻,不然要谈到内心的事件是很困难的,是几乎不可能的。如果我使用地理学与动物学的比喻,那么其中并不具放纵的意味,并不只是沉迷于生动的语言。这是因为这种比喻很有力地表达了内心的远方大陆的基本"他性",表达了其居民的完全自治与自足。一个人可以说是由下列四部分构成:一是"旧世界",涉及个人意识;二是越过一片大海的一连串"新世界"——不太遥远的弗吉尼亚州与卡罗莱纳州,涉及个人潜意识与不思考的灵魂;三是远西①,涉及集体潜意识,有着"象征"的植物群、"土著基型"的部落;四是越过另一片汪洋大海、位于日常意识两极的"幻象经验"世界。

如果你去新南威尔士,你会看到袋鼠在乡村跳来跳去。如果你去自觉的内心的两极,你会遇到至少跟袋鼠一样奇怪

---

① 远西(Far West),泛指欧洲。

的各种动物。你并不发明这些动物，就像你并不发明袋鼠。它们完全独立地过着自身的生活。一个人无法控制它们。他所能做的唯一事情是：去到内心中相当于澳洲的地方，四处看一看。

有些人永远不会很有意识地发现自己的两极，有些人有时会去造访，还有些人（但非常少）则很容易随心所欲来去去。对于内心的自然主义者——心理标本的采集者——而言，最主要的需求是一种安全、容易又可靠的方法，将自己与别人从"旧世界"转送到"新世界"，从有着熟悉的牛群与马群的大陆转送到有着小袋鼠和鸭嘴兽的大陆。

有两种这样的方法存在。两种方法都不是很完美，但两者都非常可靠、非常容易、非常安全，凡是心智健全的人都可以使用它们。在第一种方法中，灵魂借助于一种化学药品——"麦司卡林"或麦角酸——被转送到其远方的目的地。在第二种方法中，媒介的性质是心理方面的，是以催眠的方式把灵魂传送到内心的两极。这两种媒介都把意识送到同样的区域；但是药物所传送的距离较远，会把灵魂送进更远的未为人知的区域。①

---

① 见附录一。——原注

催眠如何以及为何产生其为人所观察到的结果呢？我们并不知道。然而，就我们目前的目的而言，我们并不必知道。因此，我们只需要记录一个事实：一些被催眠的人会在恍惚的状态中被转送到内心两极中的一个区域，在那儿，他们会发现相当于袋鼠的东西——奇异的心理动物，根据有关自身的存在的律则过着一种自律的生活。

关于"麦司卡林"的生理作用，我们知道一些。也许（我们不是很确定），它会干扰那种调节大脑功能的酶系统。借着这种方式，它会降低脑部的效率，因此内心比较无法专注于尘世的生活问题。这样降低了脑部的所谓生理效率之后，就使得一些类别的内心事件能够进入意识之中，而这些内心事件一般而言是被排斥的，因为它们不具有生存价值。由于生病或疲倦的缘故，一些生理上无用但审美上以及有时心灵上有价值的材料，也可能入侵；或者，借着禁食，或一段时间禁闭在一个黑暗的完全沉寂的地方，也可能促成这种入侵的情况。①

一个服用"麦司卡林"或麦角酸的人，一旦又服用大量烟酸，就不会再看到幻象。这就说明了禁食可以促成看到幻象的经验。禁食降低可资利用的糖量，降低了脑的生理效率，使得不具生存价值的材料可能进入意识之中。而且，禁食会引起维生素的不足，从血液中排除那种会抑制幻象的因素，即烟酸。另一种抑制幻象经验的因素是普通、日常的知觉经验。实验心理学家已经发现，如果你把一个人局限在一种"受到限制的环境"中，没有亮光、没有声音、没有气味，还有，如果你把一个人放在一间微温的浴室中，只能触碰到一件几乎无法感知的东西，那么，当事者就会很快开始"看到东西""听到声音"，身体会有奇异的感觉。

在喜马拉雅山洞穴中的密勒日巴②，以及底比斯的隐士们，进行了基本上同样的过程，获得基本上同样的结果。有关《圣安东尼的诱惑》的数以千计图画，证明饮食受到限制与环境受到限制所会造成的结果。很明显的，禁欲具有双重的刺激力量。如果男人与女人折磨自己的身体，那不仅是因为他们希望以这

---

① 见附录二。——原注

② 密勒日巴（Milarepa），大约十一世纪初西藏地区的一位禅修大师。

种方式去救赎过去的罪，避免未来的惩罚，也因为他们渴望去造访内心的两极，进行某种幻象的观光。根据实际的经验，以及其他禁欲者的报告，他们知道，禁食以及环境受到限制，会把他们转送到他们所渴望去的地方。他们那种自加的惩罚也许是天堂之门。（也可能是一扇通到地狱的门，关于这一点以后会有一段文字加以讨论。）

从一位"旧世界"的居民的观点来看，袋鼠是极为奇怪的。但"奇怪"并不等于"随意"。袋鼠与小袋鼠也许并不逼真，但它们的不可能性却不断出现，并遵从可被认知的律则。那些居住在我们内心较远地方的心理动物也是如此。服用"麦司卡林"或进入深沉催眠状态后所经历到的经验，确实是很奇异的，但是其奇异却具有一种规则性，符合一种模式。

这种模式所强加在我们的幻象经验上的共同特点是什么呢？首先，也是最重要的，是亮光的经验。那些造访内心的两极的人所看到的一切，都被光照得很明亮，似乎从里面闪闪发亮。所有的色彩都被强化到一种程度，远超过在正常状态中所被看到的一切，同时，内心那种体认细微的色调差异的能力也明显地强化了。

就这方面而言，这些幻象的经验和普通的梦境之间有明显的差异。大部分的梦境都没有色彩，或者只有部分的色彩或微弱的色彩。另一方面而言，服用"麦司卡林"或进入催眠状态后所经验到的幻象，在色彩方面总是呈现出强烈与（可以说是）超自然的明亮程度。加尔文·霍尔[①]教授曾经收集了数以千计梦境的记录，他告诉我们说，所有的梦之中，大约三分之二是黑白的。"只有三分之一的梦是彩色的，或者有一点颜色。"有些人的梦完全是彩色的；有些人不曾有过彩色的梦；大部分的人都是有时有彩色，但更时常是没彩色。

"我们已经获得结论，"霍尔博士写道，"梦境中的色彩并不会透露做梦的人的个性。"我同意这个结论。梦境与幻象中的色彩，并不会告诉我们目睹者的个性，就像外在世界的色彩也不会告诉我们目睹者的个性。七月的一座花园被知觉到具有明亮的色彩。"知觉"告诉我们有关阳光、花朵与蝴蝶的事情，但是几乎没有（或完全没有）告诉我们有关我们自己的事情。同样的，虽然我们在幻象以及我们的一些梦境中看到明亮的色彩，但是这个事实只告诉我们有关内心的两极的"动物"，并没有告诉我们有关居住在我所谓的内心"旧世界"的那个个人。

---

① 加尔文·霍尔（Calvin Hall, 1909—1985），美国心理学家，主要从事梦境的研究。

大部分的梦都涉及做梦的人的私密愿望与本能欲望，也涉及这些愿望与欲望因良知非难或对舆论的恐惧而受挫时所产生的冲突。有关这些欲望与冲突的内容是以戏剧性的象征表达出来，而在大部分的梦中，象征是没有色彩的。为什么会是如此呢？我想，答案是：象征并不一定要是彩色的才会发挥作用。我们用来书写玫瑰的字母，并不需要是红色的；我们借着白纸上的墨水字母就能描述彩虹。教科书上画着线雕画和半色调版印插图，而这些无彩色的意象与图形已能够很有效地传达讯息。

那些对于清醒的意识而言足够美好的事物，对于个人的潜意识而言也显然足够美好，因为个人的潜意识可以借由无颜色的象征来表达它的意思。色彩被证明是"真实"的一种试金石。那种既定的事物是有色彩的；那种由创造象征的智力与想象力所凑在一起的事物是没有色彩的。如此，外在的世界被知觉为有色彩。梦不是既定的，而是由个人的潜意识所创造的，一般而言是黑白的。（值得注意的是，在大部分人的经验中，色彩最明亮的梦是有关风景的梦，在其中并没有戏剧性的情况，也没有指涉冲突的象征，只在意识之中呈现一种非人类的既定事实。）

基型世界的意象是象征性的。但是，由于身为个体的我们并不创造出这种意象,而是发现它们"就在那儿",在集体潜意识之中,所以,它们至少显示出既定的现实的一些特性,并且是有色彩的。内心的两极中那些非象征性的"居民"本身就存在着,并且像外在世界的既定事实,是有色彩的。事实上,它们比外在的数据更加具有强烈的色彩。之所以如此,至少可以用以下的事实部分加以说明:我们用以进行思考的字语性观念,通常会遮蔽我们对于外在世界的知觉。我们不断努力要把事物转变成符号,以适合我们自己所发明的那些比较可理解的抽象观念。但是,在这样做时,我们剥夺了事物的很多本然。

在内心的两极中,我们多多少少完全摆脱了语言,摆脱了概念性思考的体系。因此,我们对于幻象客体的知觉,就像那些不曾被字语化,不曾被同化为无生命抽象观念的经验一样,具有新鲜的特性以及毫无遮隐的强度。幻象客体的色彩(色彩是象征"既定"的印记)闪烁着一种亮光,这种亮光在我们看来是超自然的,因为它事实上是完全自然的——也就是说,完全不为语言所污染,也不为科学、哲学与功利的观念所污染,而我们通常都借由语言或这些观念,以我们自己那种黯淡的人类意象,去重新创造既定的世界。

在《幻象之烛》一书中，爱尔兰诗人乔治·拉塞尔非常敏锐地分析他自己的幻象经验。"当我沉思默想时，"他写道，"我在那些充满四周的思想与意象中感觉到个性的反映；但是，灵魂中也有窗户，经由这些窗户，人们能够看到由神圣的想象所创造而非由人类的想象所创造的意象。"

我们的语言习惯导致我们犯错。例如，我们很容易说"我想象"，其实我们应该说"幕已揭起，所以我可以看到"。无论幻象是自然的或诱导出来的，幻象从来就不是我们个人的财产。属于平常自我的那些记忆，并不属于幻象。被看到的东西是完全不熟悉的。"凡是最近被看到甚至被想到的东西，"威廉·赫歇尔[①]说，"我们都不会去涉及，也不会有相似于它们的东西。"当脸孔出现时，它们从来就不是朋友或相识者的脸孔。我们离

[①] 威廉·赫歇尔（William Herschel, 1738—1822），英国天文学家、古典作曲家、音乐家。

开了"旧世界",正在探险两极。

日常经验的世界,对我们大部分的人而言,大部分的时间都是暗淡而单调的。但是,幻象经验的一些明亮特性,对一些人而言时常——对很多人而言有时——会像是溢出来,流进平常的视觉状态中,于是日常的世界就被美化了。"旧世界"呈现内心两极的特性,只不过仍然可以看出是它自身。以下是有关日常世界被美化的非常独特的描述。

"我坐在海岸上,不很专神地听着一个朋友激烈地辩论一件事,只是感到很厌倦。我不自觉地看着自己抓在手中的一点点细沙,此时我忽然看到每粒细沙的精致之美。我不再感到厌倦,反而看到每粒细沙都具有一种完美的几何图形,有着锐角,每一个锐角都反射出一道明亮的光,每一片小小的晶体都像彩虹一样闪亮……光线反射,再反射,呈现出美丽的精致图案,使得我屏息静气……然后,我的意识突然被内心的光照亮,很生动地看到整个宇宙是由物质的分子构成,这些分子无论可能多么枯燥又无生命,却无论如何充满这种强烈又有活力的美。有一两秒钟,整个世界就像是一团燃亮的荣光。当它消失时,我心中留下永远不会遗忘的印象,不断让我想到那种美——被束缚在我们四周每小片细微的东西之中。"

同样的，乔治·拉塞尔写到他看到这个世界被"一种令人无法忍受的亮光"所照亮，还有，他在看着"可爱一如伊甸园的风景"，注视着一个世界，这个世界"色彩更加明亮又纯洁，然而却呈现一种更柔和的和谐"。还有，"风儿在闪闪发亮，像钻石那样清澈，然而却充满色彩，像蛋白石，闪亮地穿过山谷，而我知道'黄金时代'全在我四周，是我们自己没有看到它，其实它不曾从这个世界消失。"

我们可以在诗人的作品以及宗教神秘主义的文学之中发现很多类似的描述。例如，我们会想到华兹华斯的《永生颂》、乔治·赫伯特[①]和亨利·沃恩[②]的一些抒情诗、特拉赫恩的《几世纪的沉思默想》，以及他的自传中的一个段落，在其中，苏林神父描述了一座关闭的修道院花园奇迹般转变成一个小天堂。

超自然的亮光与色彩是所有幻象的经验中很常见的。除了亮光与色彩之外，在每种情况之中还有对于强化的意义的一种

[①] 乔治·赫伯特（George Herbert, 1593—1633），英国诗人、演说家、牧师。

[②] 亨利·沃恩（Henry Vaughan, 1622—1695），英国诗人，玄学派晚期代表人物。

体认。我们在内心的两极中所看到的自然发亮的东西，都具有一种意义，而这种意义就某方面而言，就像其色彩一样强烈。在这儿，"意义"与"存有"是一体的，因为在内心的两极之中，东西只代表它们自己。在集体潜意识的较近范围中所出现的意象有其意义，关系到人类经验的基本事实；但是在这儿，在幻象世界的极限地方，我们所面对的事实，就像外在大自然的事实，无论就个人还是集体而言，都独立于人之外，自身就存在。它们的意义就在于以下这一点：它们具有强烈的自身成分，并且由于具有强烈的自身成分，所以显示出基本的"既定"状态，显示出宇宙的非人类"他性"。

亮光、色彩和意义并不孤立地存在。它们会改变客体，或者由客体显示出来。有任何特别种类的客体是大部分幻象经验所共有的吗？答案是：有的。服用"麦司卡林"以及进入催眠状态的人，就像处在自然的幻象中的人一样，都会不断经历到某些种类的知觉经验。

典型的"麦司卡林"或麦角酸经验开始时，当事人会知觉到一些有色彩、移动着、很生动的几何形体。以后，纯粹的几何图形会变得很具体，当事人所知觉到的不是图案，而是呈现图案的东西，诸如地毯、雕塑、马赛克。这些东西会转变成庞大又复杂的建筑物，位于风景之中，不断地改变，从华丽的状态改变成色彩更强烈的华丽状态，从堂皇的状态改变成强烈的堂皇状态。布莱克所谓的"六翼天使"的那种神人形体可能会出现——单独出现，或成群出现。惊人的动物会在情景中移动。一切都显得新奇又惊人。当事人几乎不会看到让自己想到过去的任何东西。他不是在想起什么情景、人物或客体，他不是在捏造它们；他是在看着一种新的创造物。

这种创造物的原始材料，是由平常生活的视觉经验所提供，但是要把这种材料塑造成形式，是要由一个人来做，这个人绝对不是自我，这个人本来就有经验，或者他以后会去回想和沉思这些经验。这些经验（引用 J.R. 斯迈西斯博士最近发表在《美国精神病学杂志》的一篇论文）是"一小部分非常不同的精神领域所发挥的作用，与当事人的目标、兴趣或感觉没有任何明显的感情或意志的关联"。

在这儿，我以引用或简要解述的方式提供韦尔·米切尔对于幻象世界的叙述——他是在服用作为"麦司卡林"的天然来源的仙人掌素后进入了幻象世界。

当他进入这个世界时，他看到一大堆"星点"，以及一种东西，看起来像"彩色玻璃的碎片"。然后出现"微妙与飘浮的彩色薄膜"。然后是"突然出现的白光所形成的无数小点"，掠过视觉领域。然后是色彩很明亮的曲折线条，而这些线条会变成膨胀的云层，色彩更加明亮。此时，建筑物会出现，然后是风景。会有一座哥特式的高塔出现，构图很精致，在门口或石架上有破旧的雕像。"当我注视着时，每一个突出的角、飞檐,甚至位于接合处的石头的表面,都逐渐遮蔽着或垂挂着串串的东西,似乎是巨大的宝石,但没有经过切割,有的更像大量透明的水果……一切似乎都拥有一种内在的亮光。"哥特式的高塔消失,取而代之的是一座山;一处悬崖,高度无法想象;一个巨大的鸟爪,雕刻在石头中,突出在深渊上方;彩色褶皱的无止境展现;以及更多宝石的华丽展示。最后可以看到绿色与紫色的海浪冲向海滩,"有着无数的亮光,颜色跟海浪一样"。

每一种"麦司卡林"经验,以及在催眠状态下所出现的每种幻象,都是独特的,但是全都可以辨认出是属于同样的种类。风景、建筑、成堆的宝石、明亮又复杂的图案——这一切都处于超自然亮光、超自然色彩以及超自然意义所形成的气氛中,正是构成内心的两极的原料。为何情况会是如此呢?我们并不知道。这是一种粗野的经验事实,无论我们是否喜欢,都必须接受——就像我们必须接受袋鼠的事实。

现在让我们从这些幻象经验的事实转到一些陈述，这些陈述保留在所有的文化传统之中，涉及"另一世界"，其中居住着神祇、死者的幽灵、处于原始的无知状态的人。

我们阅读这些陈述，立刻因为一个事实而留下深刻的印象，那就是，"被诱导出来或自然出现的幻象经验"与"民俗和宗教的天堂和乐园"之间非常相似。超自然的亮光、超自然的色彩、超自然的意义——这些是所有"另一世界"和"黄金时代"的特性。在几乎每种情况之中，这种具有超自然意义的亮光都会照亮在一种美得无法言喻的风景上，或者从这样一种风景中发出亮光。

如此，在"希腊—罗马"传统中，我们发现可爱的"金苹果园""极乐平原"以及美丽的"留克岛"——阿喀琉斯就是被转送到这个岛。门农则是到了另一个发亮的岛，位于东方的什么地方。奥德修斯和珀涅罗珀是在相反的方向旅行，在意大利与那位神话中的女巫享受长生不老的快乐。再往西的地方是"布雷斯特的岛",赫西俄德①首先提到这个地方,并且为人所深信,所以在公元前一世纪时塞多留计划从西班牙派遣一个兵团去发现这个地方。

那些显露出神奇的迷人气息的岛屿,再度出现在凯尔特人的民间传说中,也再度出现在世界另一边的日本人的民间传说中。在极西的阿瓦隆和远东的蓬莱山之间有北俱芦洲陆地,是印度人的"另一世界"。"这片土地,"我们在《罗摩衍那》之中读到这样的记载,"由长着金莲的湖泊来灌溉。河流数以千计,充满树叶,呈蓝宝石和青金石的色彩;湖泊灿烂耀眼,像早晨的阳光,装饰以红莲的金色花坛。乡村四周全都是珠宝与宝石,有着蓝莲花所形成的华美花坛,花瓣是金色的。河岸并不是由沙构成,而是由珍珠、宝石和黄金构成,悬垂着火亮金色的树木。这些树木永远在开花结果,散发出美妙的芬芳,到处都有鸟儿。"

我们看出,北俱芦洲很像服用"麦司卡林"后所幻见到的风景,因为宝石很多。这种特性几乎是所有宗教传统的"另一世界"所共有的。每个天堂都充满宝石,或者至少充满像宝石

---

① 赫西俄德(Hesiod),古希腊诗人,以长诗《工作与时日》《神谱》闻名于后世,被称为"希腊训谕诗之父"。

一样的东西,就像韦尔·米切尔所说的,很像"透明的水果"。例如,以下就是以西结①所描绘的"伊甸园"。"你曾置身在伊甸园,上帝的花园。每一颗宝石都是你的衣被,包括红宝石、黄玉、钻石、绿柱石、缟玛瑙、碧玉、蓝宝石、翡翠、红玉以及黄金……你是涂油的小天使,遮蔽着……你已经在火石之中走来走去。"佛家的天堂也装饰着类似的"火石"。如此,"净土宗"的"西方极乐世界"四面都是银子、金子和绿柱石,还有湖泊,有着宝石湖岸以及很多发亮的莲花,而菩萨就端坐在其中。

凯尔特人和条顿人在描述"另一世界"时,很少提到宝石,但常说到另外一种对他们而言同样美妙的东西——玻璃。威尔士人有一个福地,称为"伊尼史维纯",意即"玻璃之岛"。日尔曼人对死者的王国有一个称呼,名为"格莱斯伯格",让人想起《启示录》中的"玻璃之海"。

---

① 以西结(Ezekiel),公元前六世纪以色列地方的先知,著有《以西结书》。

大部分的天堂都装饰着建筑物，就像树木、水、小山和田野，这些建筑物都闪亮着宝石。我们都很熟悉"新耶路撒冷"，"城墙都是碧玉筑成，城市都是纯金筑成，像是清澈的玻璃。而城墙的地基装饰着各种宝石"。

类似的描述可以见之于印度教、佛教以及伊斯兰教的来世论文学中。天堂一直是一个涉及宝石的地方。为什么会这样呢？凡是以社会与经济关系架构的观点去想到所有人类活动的人，都会提供如下的答案：宝石在地球是很少见的。很少有人拥有宝石。为了弥补这些事实，大多数穷人的代言人就让他们那想象中的天堂充满宝石。这种"空中楼阁"的假设无疑包含了某种真理的因素，但它首先无法说明为何宝石被认为是珍贵的。

人们已经花了非常多的时间、精力和金钱去发现、开采和切割彩色卵石。为什么呢？功利主义者无法说明这种奇异的行为。但是，一旦我们把幻象经验列入考虑，一切就变得很清楚。在幻象中，人们知觉到很多以西结所谓的"火石"，以及韦尔·米切尔所描述的"透明的水果"。这些东西自己会发亮，展现出一种超自然的明亮色彩，拥有一种超自然的意义。最像这些发出幻象亮光的本源的东西就是宝石。获得宝石就是获得某种东西，这种东西的珍贵特性因一个事实而得到保证：它存在于"另一世界"之中。

因此，我们可以说明人们为何热衷于宝石，也因此人们才认为宝石具有治疗的功用，具有神奇的效用。我相信，因果关系是始于心理层次的幻象经验的"另一世界"，然后下降到尘世，又上升到神学层次的天堂的"另一世界"。就这种情况而言，苏格拉底在《斐多篇》之中所说的话，就具有了一种新的意义。他告诉我们说，在物质的世界之外还存在着一个理想的世界。"在这个另一世界之中，色彩远比在尘世这儿更加纯洁、更加明亮……那些山、那些石头，有着更丰润的光泽，有着更可爱的透明度与色彩强度。尘世的宝石，即我们非常看重的红玉髓、碧玉、翡翠以及其他的一切，只不过是天上这些宝石的碎片。在这个另一世界中，所有的石头都是珍贵的，美的程度超过我们的世界中的每一块宝石。"

换言之，宝石之所以宝贵，是因为它们有一点相似于那只见到幻象的心眼所看到的发亮奇景。"看到那个世界，"柏拉图说，"就是有福的目睹者具有一种灵视。"看到东西的"本然"，是纯粹又无法言喻的无上喜悦。

对于不了解宝石或玻璃的人而言，天堂并不是装饰着矿石，而是装饰着花。发出超自然亮光的花，开放在原始的来世论者所描述的大部分"另一世界"中。甚至在较进步的宗教的宝石与玻璃天堂中，这种花也出现了。人们会记起印度教与佛教传统的莲花，以及西方的玫瑰与百合。

"上帝先种植一座花园。"这句话表达了一种深层的心理事实。园艺的来源——或者来源之一——是内心两极的"另一世界"。当崇拜者在圣坛献上花时，他们是把一种东西归还给神祇，因为他们知道，或者（如果他们不会看到幻象）微微感觉到，这种东西是天堂所固有的。

这种回归本源的表现不仅是象征性的，也涉及即刻的经验。我们的"旧世界"及其两极之间的交通，"今世"与"来世"之间的交通，是沿着一条双向街道进行。例如，宝石来自灵魂的幻象天堂，但是它们也引导灵魂回到那个天堂。人们沉思着宝石，发现自己被转送到——被带向柏拉图对话录中的"另一世界",也就是那个神奇的地方,在那儿,每一颗卵石都是宝石。以下的情况也可能产生同样的效果:人工制品的玻璃和金属、在黑暗中燃烧的小蜡烛、色彩明亮的图像与装饰品、花朵、贝壳与羽毛,以及所看到的风景,就像雪莱在黎明或日落时分的美化亮光中从"尤根尼恩山"所看到的威尼斯。

是的,我们可以以概括的方式这样说:在大自然中或在艺术作品中,只要一件东西很像人们在内心的两极中所遇见的那种非常有意义又发出内在之光的东西,它就能够诱导出幻象经验——就算是以一种不完全又薄弱的方式进行。就这一点来说,一个催眠者会提醒我们说,如果他能够诱导一个病人专心地凝视着一件发亮的东西,那么,这个病人就会进入恍惚状态,如果这个病人进入恍惚状态,或者如果他陷入幻想状态,那么,他就很可能看到内在的幻象以及外在的美化世界。

但是,看到一种发亮的东西到底如何以及为何会诱导出一种恍惚或幻想状态呢?这难道就像维多利亚时代的人所坚信的那样,只是眼睛紧张导致了一般性的神经疲劳吗?或者,我们是要以纯粹的心理观点来说明这种现象吗?——注意力的专注导向孤独意想状态,导致分离状态。

但是,还有第三个可能性。发亮的东西可能让我们的潜意识想起它在内心的两极所喜欢的事物，而"另一世界"之中的这些模糊的生命暗示是很迷人的，所以我们就比较不去注意这个世界，并且能够有意识地经验到在潜意识中经常跟我们在一起的那些事物。

因此，我们看出，在大自然中有些情景，有些种类的客体，有些材料，能够转变观看者在两极方向的内心，把它从日常的"此地"转送到"幻象的另一世界"。同样的，在艺术的领域中，我们发现一些作品，甚至一些种类的作品，明显地具有同样的转送力量。这些诱导幻象的作品可以借着诱导幻象的材料来完成，诸如玻璃、金属、宝石或宝石似的颜料。在其他情况下，它们的力量归因于一个事实，即它们以一种特别意味深长的方式描绘某种有转送作用的情景或客体。

最佳的诱导幻象的艺术是出自那些本身有幻象经验的男女，但是任何不错的艺术家也可能只是遵照一种为人所认可的秘诀，去创造出至少具有某种转送力量的作品。

在所有诱导幻象的艺术中，最完全依赖其原始材料的艺术，当然是金匠与宝石匠的艺术。磨亮的金属与宝石本身就具有转送作用，所以甚至一种维多利亚宝石，甚至一种"新艺术"宝石，也是一种很有力量的东西。如果在发亮的金属和自然发光的宝石的这种自然神奇力量之上，又加上那些以巧妙的方式混合在一起的高贵形式与色彩所具有的其他神奇力量，我们就会看到一种真正的法宝了。

宗教艺术经常且到处使用这些诱导幻象的材料。黄金神龛、象牙雕像、宝石符号或图像、圣坛发亮的摆设——我们在当代的欧洲发现这些东西，就像在古代埃及、印度以及中国也发现这些东西，还有在希腊人、印加人以及阿兹特克人之中也发现这些东西。

金匠艺术的产品本身就是很神秘的。它们位居每种"神秘"的中心，位居每种神圣中的神圣。这种神圣的宝石艺术品，让人联想到灯和蜡烛的亮光。在以西结看来，一块宝石是一块火石。反过来说，一团火焰是一块有生命的宝石，具备所有的转送力量，具备所有属于宝石以及在较低的程度上属于磨亮金属的转送力量。火焰的这种转送力量会随着四周黑暗的深度和广度的增加而增加。那些具有最令人印象深刻的神秘气息的神庙，都是发出微光的洞穴，在其中，有些小蜡烛为圣坛上那些具有转送力量和属于另一世界的宝物提供了生命。

玻璃几乎跟天然的宝石一样具有诱导幻象的作用。事实上，在某些方面，玻璃更有效果，理由很简单：玻璃比天然宝石数量多。由于玻璃的缘故，整栋建筑物——例如圣礼拜堂、沙特尔与桑斯的大教堂——能够变得很神奇，具有转送作用。由于玻璃的缘故，保罗·乌切洛[①]能够设计出一块直径十三英尺的圆形宝石——他心目中的"复活"大窗户，可能也是世界上诱导幻象的艺术中最不寻常的单一作品。

对于中世纪的人而言，幻象经验显然具有极高的价值。幻象经验的价值很高，所以他们愿意以辛苦赚来的现金去获得幻象经验。在十二世纪，募款箱放在教堂，以筹募保养和装置有色玻璃所需要的金钱。圣丹尼斯修道院的院长苏格告诉我们说，这些募款箱经常都是满满的。

---

① 保罗·乌切洛（Paolo Uccello，1397—1475），意大利文艺复兴时期画家，以其开创性的艺术透视方法而闻名。

但是，有自尊心的艺术家不能继续去做祖先已经做得最好的事情。在十四世纪，彩色画被纯灰色画所取代，窗户不再能够诱导幻象。在十五世纪末期，彩色画再度流行，玻璃画家很想模仿文艺复兴时代的透明绘画，同时在技术上也做得到。其结果时常是很有趣的，但并不具有转送作用。

然后是宗教改革时代，新教徒不赞同幻象经验，他们赋予印刷的文字神奇的特性。在一间有着清澄的窗户的教堂中，信徒能够阅读《圣经》和祈祷书，不会想要从布道逃进"另一世界"。就天主教方面而言，反宗教改革的人则有两种不同的意见。他们认为幻象经验是好事，但是他们也相信印刷文字的最高价值。

新教堂很少装置有色玻璃，在很多较旧的教堂中，有色玻璃完全或部分由清澄的玻璃所取代。由于亮光没有受到遮蔽，所以信徒能够遵循书中的礼拜式，同时也能够看到新一代的巴洛克雕刻家与建筑师所创造出来的诱导幻象的作品。这些具有转送作用的作品，是使用金属和磨亮的石头来完成。无论信徒转向何处，他都会发现青铜的亮光、彩色大理石的华丽光彩，以及雕像所透露的神秘白色。

反宗教改革的人很少会使用玻璃。一旦使用，则是用来取代钻石，不是用来取代红宝石或蓝宝石。三棱镜于十七世纪成为宗教艺术的一部分，而在天主教教堂中，一直到现在，三棱镜都悬挂在无数的枝形吊灯上。（这些迷人又微微显得荒谬的装饰品，是伊斯兰教所允许的很少数诱导幻象的装置之一。清真寺没有图像，也没有圣骨匣；但是在近东，清真寺的朴素气息有时因为有了洛可可式水晶那种具有转送作用的亮光而减弱了。）

我们从有色玻璃或切割玻璃，转向大理石以及其他石头，也就是可以高度磨亮以及大规模使用的石头。这种石头所发挥的魅力，可以从人们为了获得它们所花的时间与心思来衡量。例如，在巴勒贝克以及往内陆推移两三百里远的巴尔米拉，我们在废墟之中发现了来自阿斯旺的淡红色花岗石。这些独块巨石是在上埃及开采，以驳船从尼罗河载运，横越地中海，到达比布鲁斯或特里波利斯，然后从那儿以牛、骡子或人搬运上山到霍姆斯,然后从霍姆斯向南运到巴勒贝克,或者向东越过沙漠,运到巴尔米拉。

这可真是巨人似的工作啊!从功利主义的观点来看,这种现象透露出多么奇妙的无意义成分啊!但是,事实上当然是有意义的,而其意义存在于一个超越纯然功利的领域中。玫瑰色的柱体磨得发出幻象亮光,像是在宣示它们与"另一世界"的明显类似关系。人类花了很惊人的工夫,将这些石头从位于"北回归线"的石矿场转送出来,然后作为补偿,这些石头把转送者转送到离内心的幻象两极一半路程的地方。

有关功利以及超越功利的动机的问题,再次出现在陶制品上。很少有其他东西比锅、盘子、壶更有用,更绝对不可或缺。但是,同时也很少有人类像收集瓷器和上釉陶器的人那样不涉及功利的成分。如果说这些人喜爱美,那么这种说法是不足够的。精美的陶制品时常展示在普通的丑陋环境中,这一点就足以证明:拥有这些东西的人所欲求的,并不是所有显示出来的美,而是一种特别的美,包括亮光的曲折反射、光泽柔和的釉以及光滑的表面。简言之,他们所欲求的美会转送观看者,因为这种美以暧昧或明白的方式让观看者想到"另一世界"的超自然亮光和色彩。总的来说,陶艺家的艺术是一种现世艺术,但是专注于这种现世艺术的无数人们,却以一种几乎是偶像崇拜的心理去看待它。无论如何,人们时常使用这种现世艺术来服务宗教。上釉的瓷砖出现在清真寺中,有时出现在基督教教堂中。中国有神祇与圣者的发亮陶制像。在意大利,卢卡·德拉·罗比亚①为光亮的白色圣母和基督的孩子创造出一座蓝釉的天堂。烘烤的黏土比大理石便宜，但如果加以适当的处理，却几乎跟大理石一样有转送作用。

柏拉图以及后来宗教艺术发达时期的圣托马斯·阿奎纳都坚称，纯洁、明亮的色彩是艺术之美的本质。如此，一件马蒂斯②的作品可能在本质上胜过一件戈雅③或伦勃朗的作品。一个人只要把哲学家的抽象观念转变成具体的词语，就可以看出，如此将一般的美等同于明亮、纯洁的色彩是很荒谬的。这种历史悠久的学说虽然站不住脚，却不是完全不真实的。

明亮、纯洁的色彩是"另一世界"的特点。因此，以明亮、纯洁的色彩完成的艺术作品，在适当的情况下都能够把观看者的内心转送到它的两极。明亮又纯洁的亮光，不是一般的美的本质，而是一种特别的美——幻象的美——的本质。哥特式的教堂和希腊神庙，以及十三世纪的雕像和公元前五世纪的雕像——全都是色彩很明亮的。

---

① 卢卡·德拉·罗比亚（Luca della Robbia，1400—1482），意大利文艺复兴时期雕塑家。
② 马蒂斯（Henri Matisse，1869—1954），法国著名画家，野兽派创始人和主要代表人物。
③ 戈雅（Goya，1746—1828），西班牙浪漫主义画派画家。

对于希腊人和中世纪的人而言,这种"旋转木马"和"蜡像展示"似的艺术显然具有转送作用。对我们而言,这似乎是很可悲的。我们比较喜欢普拉克西特利斯①的素色作品、大理石作品,以及石灰石无装饰作品。为何我们现代人的品位在这方面那么不同于我们祖先的品位呢?我想,其中的理由是:我们太熟悉明亮、纯粹的色彩,所以不再会为它们所深深感动。一旦我们在一种庄严或微妙的构图中看到这种色彩,我们当然会赞赏它们,但是它们本身并不会对我们产生转送作用。

喜爱过去时光的感伤人士,都抱怨我们的时代很单调,并且还跟较早时代的华丽、明亮加以对照。其实,就色彩的丰富而言,现代世界是胜过古代世界的。青金石色和泰南紫色是很贵重的珍奇色彩。裁制高贵服装所使用的华丽丝绒和锦缎,装饰中世纪和现代早期的房子所用的编织或着色窗帘——这一切都是为特权的少数者所保留的。

即使世界上的伟大人物,也几乎没有拥有这种诱导幻象的宝物。甚至到了十七世纪,君主们所拥有的家具也很少,所以他们从一个王宫旅行到另一个王宫时,必须随身带着几马车的盘子、床单、地毯和挂毯。大部分人都只有手织的东

---

① 普拉克西特利斯(Praxiteles),公元前四世纪的希腊雕塑家。

西以及一些植物染料。就室内装潢而言，最好的情况是土色，最差的情况（并且是大部分的情况）则是"灰泥地板和粪便之墙"。

在每个人内心的两极都存有"另一世界"，象征超自然的亮光和超自然的色彩，也象征理想的宝石和幻象的黄金。但是，在每一双眼睛前面则只有家庭陋室的暗黑脏污、村庄街道的灰尘或泥泞、肮脏的白色、破旧衣服的暗褐色和鹅粪绿色。因此，人们热烈地、几乎不顾一切地渴求明亮、纯洁的色彩；因此，在教堂或法院，每当这种色彩呈现出来时，就产生压倒性的影响力。今日，化学工业制造颜料、墨水和染料，种类无限多，量也很惊人。在我们现代世界中，有足够的明亮色彩，足以产生数十亿计的旗帜与连环画、数百万计的站牌与后车灯、数十万计的消防车与可口可乐瓶，以及数平方公里计的地毯、壁纸和非具象艺术。

熟悉会造成冷漠。我们已经在"伍尔沃斯"店看到太多纯洁、明亮的色彩，所以无法觉得这种色彩本质上有转送作用。我们在这儿可能注意到，虽然现代科技具有惊人的潜力，给了我们太多最好的东西，但是也使得传统上那种诱导幻象的材料贬值了。例如，一个城市那种灯火通明的状态在以前是很少见的情况,只见之于战争胜利的场面和法定假日,只见于圣者封号以及国王加冕的场合。现在,这种状态每夜都出现,在赞扬着杜松子酒、香烟与牙膏的好处。

在五十年前的伦敦,空中广告是很新奇的东西,并且很少见,在雾蒙蒙的黑暗中闪现,"像是项链的大颗珠宝"。越过泰晤士河,在古老的萧特塔上,那金色与红宝石色的字母透露出神奇的可爱气息——一个仙女世界。今日,仙女已不见。霓虹灯到处可见,而正由于到处可见,所以对我们并没有影响——也许除了让我们以怀思的心情渴望太古的夜晚。

只有在泛光灯照耀时,我们才会重新捕捉那种神秘的意义——在油灯以及蜡烛的时代,甚至在煤气灯与炭丝灯的时代,这种神秘的意义,都从位于无限黑暗中的几乎每个明亮之岛上闪亮出来。在探照灯照射之下,巴黎圣母院与罗马广场都是幻象客体,有力量把观看者的内心转送到"另一世界"。①

现代的科技已经贬低了玻璃与磨光金属的价值,就像它贬低了仙女灯与纯粹、明亮的色彩的价值。根据拔摩岛的约翰和他的同代人的说法,玻璃墙只有在"新耶路撒冷"才是可以想

---

① 见附录三。——原注

象的。在今日,玻璃墙是每一栋新式办公楼与别墅的特征。这种玻璃充斥的现象还附加上铬、镍、不锈钢与铝,以及很多新与旧的合金。金属表面在浴室中对我们眨眼,从厨房水槽发出亮光,在汽车与火车中闪亮着横越乡村。

那些华美的凸面反射亮光,相当吸引画家伦勃朗,所以他孜孜不倦地在画中描绘出来。然而这种亮光在今日却是家中、街上以及工厂常见的景象。那种象征少见的快感的尖端已被磨钝。以前是象征幻象喜悦的针尖,如今变成了一块为人所忽视的油毡。

到现在为止,我只谈到了诱导幻象的材料,以及现代科技如何在心理上贬低其价值。现在,我们应该来谈谈创造那些诱导幻象作品的纯艺术手法。

在黑暗的环境中所看到的亮光与色彩,很容易呈现一种超自然的特性。弗拉·安吉利科[①]那幅收藏于卢浮宫的《钉死于十字架》有着黑色的背景。安德烈亚·德尔·卡斯坦诺[②]为佛

[①] 弗拉·安吉利科 (Fra Angelico,约 1400—1455),意大利文艺复兴早期画家。

[②] 安德烈亚·德尔·卡斯坦诺 (Andrea del Castagno,约 1421—1457),意大利文艺复兴时期写实主义画家。

罗伦萨的圣塔·阿波罗尼亚修道院的修女们所画的那幅壁画《基督受难》，也有着黑色背景。因此，这两幅不寻常的作品都具有幻象强度与奇异的转送力量。戈雅也时常在蚀刻中使用同样的手法，只是其艺术与心理情境是完全不同的。那些飞人、那匹位于钢丝绳索上的马，以及那种象征"恐惧"的巨大又可怕的化身——这一切都好像借由泛光灯的照射，在不可穿透的黑夜的背景衬托下突显出来。

随着十六世纪与十七世纪明暗对照法的发展，黑夜不再成为背景，而是进驻图画之中，变成一种情景，像是摩尼教的"光明"与"黑暗"之间的争斗。在这些作品画出来的时候，它们想必已经拥有一种真正的转送力量了。我们已经看了太多这种东西，所以就认为，其中大部分都只是显得很夸张而已。但是，其中仍有一些作品保有神奇的意味。例如，卡拉瓦乔[①]的《埋葬》，乔治·德·拉·托尔[②]所画的十几幅神奇作品[③]，伦勃朗的所有

---

① 卡拉瓦乔（Caravaggio，1571—1610），意大利画家，对巴洛克画派的形成有重要影响。

② 乔治·德·拉·托尔（Georges de La Tour，1593—1652），法国巴洛克时代画家，以绘画烛光作为光源的晚景闻名。

③ 见附录四。——原注

那些幻象作品——亮光透露出内心两极的亮光的强度与意义，黑暗充满丰富的可能性，等待成为现实，很明亮地呈现在我们的意识之中。

伦勃朗的画的表面题材，大部分是取自实际的生活或《圣经》——做功课的男孩或洗澡的拔示巴，在池中涉水的女人或面对审判的基督。然而，这些来自"另一世界"的讯息，却借着一种题材而加以传达，而这种题材并不是取自真实的生活或历史，而是取自基型象征的领域。卢浮宫中挂着一幅画——《哲学家的沉思》，其象征性的题材正是人类的内心及其弥漫的黑暗、其理智与幻象启示的时刻、其上下蜿蜒进入未知领域的神秘阶梯。沉思中的哲学家坐在那一座代表内心启示的岛中，而在象征性的居室的另一端，在另一座更加呈现玫瑰色的岛中，有一个年老的女人蹲伏在炉床前面。火光照在她的脸上，美化了她的脸。我们看到一种不可能的吊诡和至高的真实很具体地显示出来，那就是，"知觉"是（或至少可能是、应该是）等同于"启示"的，"真实"从每一种外表闪现，"万物一体"完全且无限地呈现在所有的细节之中。

除了超自然的亮光与色彩，除了宝石与不断变化的图样之外，内心两极的访客也会发现一个世界，有着庄严美丽的风景、生动的建筑，以及雄伟的形体。很多艺术作品的转送力量可以归因于一个事实：其创造者画出情景、人物以及物体，在有意无意中让观看者想起自己对于内心深处的"另一世界"所认知的一切。

就让我们从这些遥远地方的人类居民或超人类居民开始吧。布莱克称呼他们为"天使"。事实上,他们无疑就是"天使"——是一些存在物的心理本源,而这些存在物在每种宗教的神学中,都是作为介于人与"清澈之光"之间的媒介。幻象经验中的那些超人类人物从来不"做任何事情"。(同样的,天堂中那些安享天堂之乐者也从来不"做任何事情"。)他们纯然满足于存在。

人类的幻象经验中的这些雄伟的形体,有着很多名称,穿着各种各样的服饰,出现在每种文化的宗教艺术中。有时他们处于休憩状态中,有时则做出历史或神话的动作。但是,我们已看出,动作并不会自然呈现在内心两极的居民的眼前。"忙"是我们的存在律则,他们的存在律则则是不做事。如果我们强迫这些安详的陌生人在我们的一出太具人类成分的戏剧中扮演一个角色,我们就是不忠于幻象的真实。所以,有关"天使"

的最具转送作用（虽然不一定最美）的描绘，都描绘出他们置身于本来的地方——并没有在做任何特别的事情。

这一点说明了一个事实：宗教艺术的伟大静态杰作，会让观看者留下非常强烈的印象，不仅是审美的印象。埃及的神和神王的雕像、拜占庭镶嵌细工的圣母与万神、中国的菩萨与罗汉、高棉的坐佛、科潘的图案石柱与雕像、热带非洲的木刻偶像——所有的这一切都有一个共同点，那就是，静寂的气息很深厚。就因为这一点，所以它们才具有神秘的特性，才有力量把观看者从日常经验"旧世界"转送到人类心灵的幻象两极。

当然，静态艺术并没有本质上优越之处。无论是静态或动态，坏的作品总是坏的作品。我想暗示的一点是：在其他条件相同的情况下，一个处于休憩状态的雄伟形体，比一个在做动作的雄伟形体具有较大的转送力量。

"天使"住在"天堂"与"新耶路撒冷"之中，换言之，住在非凡的建筑物中，建筑物有着华美、明亮的花园，可以眺望平原与山脉、河流与大海。这是一种即刻的经验，一种心理的事实，记录在每个时代和国家的民间传说与宗教文学之中。然而，它却没有记录在图画艺术中。

我们回顾人类文化的递嬗，发现风景画要么是不存在，要么就是未发展，再不然就是才刚刚发展。在欧洲，一种充分发展的风景画才存在四五世纪之久，在中国存在的时间不超过一千年，在印度则实际上不曾存在。

这是一个奇异的事实，需要加以说明。为何风景进入了某一个时代和某一个文化的幻象文学之中，却没有进入绘画之中呢？这个问题以这种方式提出，提供了它自身最佳的答案：人们可能很满足于幻象经验这个层面的纯字语表达，并不觉得有需要将它转变成图画。

这种情况确实时常发生在个人身上。例如，布莱克会看到幻象风景，"相当清晰，是平凡和糟糕的大自然所无法产生的"，并且"比凡人的眼睛所看到的任何东西完美无数倍、组织精细无数倍"。以下是布莱克在安德斯夫人的一次晚间派对中所描述的一种幻象风景："前天晚上，我去散步，走到一片草地上，在较远的角落，我看到一群小羊羔。走得更近时，我看到地上泛着花红，而由枝条编成的羊栏，以及里面毛茸茸的羊儿，则透露出一种精致的田园之美。但是我又看了一次，发现并不是有生命的羊群，而是美丽的雕塑。"

如果这种幻象以颜料来描绘，我想它会看起来像两幅画混合在一起，美得令人无法相信，其一是康斯太勃尔的一幅最新奇的油画素描,其二是一幅动物画,以神奇的写实风格表现出来,就像现今收藏在圣地亚哥博物馆的那幅苏巴朗①的光环小羊。但是,布莱克却不曾画出任何一幅微微像这样一幅画的东西来。他满足于谈及与写及自己的风景幻象,专注于对"天使"的描绘。

个别艺术家如此,整个艺术学派也可能如此。有很多事物,人们经历了,却不想表达出来;或者,他们可能努力要去表达自己所经历过的事物,却只以多种艺术中的一种来表达。有时,他们则会以另一些方式来表达,而这些方式与原来的经验并没有立即可辨识的相似关系。就最后这种情况而言,A.K.库马拉斯瓦米②博士在谈到远东的神秘艺术时,说了一些有趣的事。这儿所谓的远东的神秘艺术是指:在这种艺术中,"明指与暗指无法分开","一件东西的'本然'与它的'所指'之间没有区别"。

这种神秘艺术的最重要例子是禅宗风景画——在中国的宋

---

① 苏巴朗(Zurbarán,1598—1664),西班牙画家,作品多为宗教题材。

② A.K.库马拉斯瓦米(A.K.Coomaraswamy,1877—1947),研究印度艺术史的学者和翻译家。

代兴起,并于四个世纪之后在日本再度兴起。印度与近东都没有神秘风景画,但是它们有对等的东西——"印度的毗湿奴绘画、诗与音乐,其中的主题是性爱;波斯的苏菲诗歌与音乐,赞美酒醉的状态"。①

意大利格言很简洁地指出:"床是穷人的歌剧。"同样的,性是印度人的歌,酒是波斯人的印象派绘画。其中的理由当然是:性交与酒醉具有基本的"他性",而"他性"是所有幻象——包括风景的幻象——的特性。

如果人们在任何时间在一种活动之中获得了满足,那么,我们就可以认为,在这种令人满足的活动没有显示出来的期间,一定有一种对等的活动存在。例如,在中世纪,人们以一种沉迷和几乎疯狂的方式专注于字语与符号。大自然中的一切都立刻被认为是某种观念的具体证明,而这种观念则是记述于新近被认为很神圣的一本书或一则传说之中。

然而,在历史的其他时期,人们已经发现了一种很深的满足,因为他们体认到天性——包括人性的很多层面——的自发"他性"。有关这种"他性"的经验,人们以艺术、宗教或科学

---

① 见 A.K. 库马拉斯瓦米著《艺术中大自然的转变》(*The Transformation of Nature in Art*),第四十页。——原注

的方式表达出来。就中世纪而言，什么东西是等同于画家康斯太勃尔与生态学呢？等同于观鸟与厄琉息斯这个地方呢？等同于显微镜的使用、酒神仪式与日本俳句诗呢？我想，这一切都可以见之于一个极端——农神节狂欢，以及另一个极端——神秘经验。忏悔节、五朔节、狂欢节——这一切都让人们能够直接经验到那种动物"他性"，也就是作为个人与社会身份之基础的那种动物"他性"。被灌注的沉思默想则显示出神圣的"非自我"的那种更具他性的"他性"。介于这两个极端之间，则是那些见到幻象的人的经验，以及那些诱导幻象的艺术——通过后者这些艺术来重新捕捉和创造前者那些经验，并包括以下各人的艺术：宝石匠、制造有色玻璃的人、挂毯织工、画家、诗人与音乐家。

尽管我们的祖先所面对的"自然史"只不过是一组透露黯淡道学意味的符号，尽管他们所面对的神学并不把字语视为事物的符号，而是把事物和事件视为《圣经》或亚里士多德字语的符号，但是，他们的心智还是显得相当健全。他们之所以达到这种伟大的境地，是因为他们会时而逃离那种令人窒息的"监狱"，包括那种自负的理性主义哲学，那种神人同形同性论、权威主义与非实验性的科学，那种阐述太明显的宗教，然后进入非字语、超人类的世界——在这些世界之中存在着本能，存在着内心两极的幻象动物，以及内在的"心灵"，超越其他一切，然而又位于其他一切之中。

虽然离题太远，却是必要的。现在让我们回归到我们所出发的特殊个案。我们已经知道，风景是幻象经验的一个固定特色。有关幻象风景的描述，出现在涉及民间传说和宗教的古代文学中，但是风景画一直到近代才出现。我将对心理上等同于风景画的东西提出说明，借此做一些简短的补充，谈谈风景画作为一种诱导幻象的艺术的性质。

让我们先问一个问题。什么样的风景画——或更一般性的说法，什么样的自然客体的描绘——最具有转送作用，本质上最能诱导幻象？我有自己的经验，也听过别人谈及他们对于艺术作品的反应。从这两点来看，我可以得出一个答案。在其他条件相同的情况下（天赋的缺乏是无法弥补的），最具转送作用的风景画，首先是那些描绘远处自然客体的风景画，其次是那些描绘近处自然客体的风景画。

距离远会为景色增加吸引力，但是，距离近也会增加吸引力。一张描绘远处高山、云层和瀑布的宋代山水画具有转送作用,但是多阿尼尔·卢梭①所画的热带树叶的特写也有转送作用。我在看着宋代山水画时,会想起(或者我的一个"非我"会想起)峭壁、无止境的广大平原、明亮的天空,以及广阔的内心两极。有一些景物会消失进雾中、云中,有些奇异又非常明确的形体会突然出现,例如,一块历经风吹雨打的岩石、一棵古老的松树,多年在与大风的搏斗中扭曲了——这一切也具有转送作用,因为它们在有意无意中都让我想起"另一世界"的基本相异性与不可说明性。

特写也是如此。我看着那些树叶,有着脉络、条纹和斑点;我窥视交错的绿叶的深处,心中的什么地方想起了幻象世界所特有的活生生图样,想起了那些变成客体的几何图形的无止境诞生与繁殖,想起了那些永远在变化的东西。

画中丛林的特写,就某一个层面而言,就像"另一世界",所以这种特写对我具有转送作用,让我的眼睛在看着时能够把一件艺术作品转化为别的东西,转化为超越艺术的别的东西。

有一件事虽然发生在很多年以前,但我仍然记得很生动,

---

① 多阿尼尔·卢梭(Douanier Rousseau,1844—1910),即亨利·卢梭,法国后印象派画家,以纯真、原始的风格著称。

那就是我与罗杰·弗莱①的一次谈话。我们当时谈到莫奈的《睡莲》。罗杰一直坚称，睡莲不应该那样不成形，到达令人震惊的地步，完全没有适当的构图轮廓。从艺术的观点来看，这些睡莲全都是错误的。然而，他必须承认，然而……然而，我现在应该说，这些睡莲具有转送作用。一位鉴赏力很惊人的艺术家画出了大自然客体的特写，是以客体自身为准，不涉及人类对于"本然"或"应然"的观念。我们喜欢说，人是万物的量尺。就莫奈的这幅画而言，睡莲是睡莲的量尺，他就以这个标准去画睡莲。

凡是想要描绘远方情景的艺术家，都必须采用同样的非人类观点。在中国的绘画中，那些沿着山谷而行的旅者显得多么小啊！他们上方的斜坡上的竹屋多么脆弱啊！而广大风景的其余部分都是一片空白与沉寂。荒野根据自身生命的律则过着自身的生活，画家将它显示出来，就把人的内心转送到其两极；原始的大自然与内心的世界有着一种奇异的相似性，因为内心的世界并不考虑我们个人的愿望，甚至不考虑一般人恒久的利害关系。

---

① 罗杰·弗莱（Roger Fry，1866—1934），英国著名艺术史家和美学家，后印象派绘画运动的命名者和主要诠释者。

只有中间的距离以及所谓较远的前景才是完全具有人类成分的。当我们看很近或很远的地方时，人会完全消失不见，或者失去其重要性。天文学家看得比宋代画家更远，所看到的人类生活更少。另一方面而言，物理学家、化学家、生理学家则追求近处的精密观察——细胞的近处精密观察，分子、原子与次原子的近处精密观察。本来在二十英尺的距离中，甚至在一手臂的距离中看起来、听起来像一个人，此时却完全不见了。

近视的艺术家与快乐的情人也有类似的情况。在婚姻的拥抱中，个性融化不见了；个人（个人本来是劳伦斯的诗与小说中不断出现的主题）不再是个人，变成广大与非个人的宇宙的一个部分。

那些选择看近景的艺术家也是如此。在这种艺术家的作品中，人类失去其重要性，甚至完全消失了。我们并不是在高高的天堂前面玩着奇妙把戏的男女，我们是被要求去思考百合花，去沉思"纯粹的东西"的神秘之美,而这些"纯粹的东西"与它们功利的情境分离了,是以本来的面目被独自描绘出来。有时,非人类的近景世界是以图案的方式被描绘出来(在艺术发展的较早阶段则完全如此)。这些图案大部分是取自树叶和花——玫瑰、莲花、茛苕、棕榈、纸草——并且以重复和多变的方式精心制作,成为一种情境,具有转送的作用,让人想起"另一世界"的生动几何图形。

艺术家以较自由和写实的方式处理近景的大自然,是近代的事情,其实却比艺术家处理远处的情景早很多,只不过我们只把艺术家处理远处的情景(错误地)称之为风景画。例如,罗马时代就有近处风景画了。一座花园的壁画一度被用来装饰利维亚的别墅中的一个房间,就是这种艺术形式的绝佳例子。

基于神学的理由,伊斯兰教大部分的时间都必须满足于"错综图饰"——华美又(在幻象中)不断变化的图案,基于在近处所看到的大自然客体。但是,甚至在伊斯兰教之中,真正的近处风景画也是为人所知的。就美与诱导幻象的力量而言,没有什么东西能够胜过大马士革倭马亚大清真寺中那些花园与建筑物的镶嵌细工。

在中世纪的欧洲,尽管人们普遍热衷于把每一种数据转变成一种概念，把每一种即刻的经验转变成书中某种叙述的符号，但是，有关树叶与花朵的近处写实描绘还是相当普遍。我们发现这种描绘被雕刻在哥特式柱子的柱头上，就像我们在绍斯韦尔大教堂中所看到的。我们也在打猎的绘画中发现这种描绘——所谓打猎的绘画，其主题是中世纪的生活中一个不断出现的事实，那就是森林，而森林是猎人或迷途的旅人眼中的森林，树叶的细节描绘得很复杂，令人感到困惑。

亚维农的教皇宫殿中的那些壁画，是甚至在乔叟的时代也很普遍的一种世俗艺术的几乎唯一残存物。一个世纪之后，这种以近观方式描绘森林的艺术达到了自觉的完美境地，见之于一些堂皇又神奇的作品中，诸如皮萨内洛①的《圣休伯特》和保罗·乌切洛的《森林中的狩猎》——现今收藏于牛津的阿什莫林博物馆。有一种东西跟以近观方式描绘森林的壁画有紧密的关联，那就是挂毯，也就是富有的北欧人用以装饰房子的挂毯。其中最佳的作品是能够诱导幻象的最高层次作品。它们本身就能以美妙、有力的方式让人想起在内心的两极所进行的事情，就像那些描绘最远处的风景的风景画杰作——透露大量孤寂气

---

① 皮萨内洛（Pisanello，1395—1455），意大利文艺复兴时期画家，作品具有鲜明、甜美的风格。

息的宋代高山、非常迷人的明代河流、提香[①]以远距离的方式所描绘的阿尔卑斯山山麓蓝色世界、康斯太勃尔笔下的英格兰，还有透纳和柯罗[②]笔下的意大利、塞尚与梵高笔下的普罗旺斯、西斯莱笔下的法兰西岛，以及维亚尔笔下的法兰西岛。

顺便一提，维亚尔是一位无与伦比的大师，擅长描绘具有转送作用的近观景色，也擅长描绘具有转送作用的远观景色。他的中产阶级室内画是诱导幻象的艺术中的杰作，相比之下，诸如布莱克与奥迪隆·雷东[③]等有意识（以及所谓专业）的见到幻象的人，所画出的作品就似乎极为脆弱了。在维亚尔的室内画之中，每一个细节，无论多么琐碎，甚至无论多么可怕——这是维多利亚时代后期壁纸、"新艺术"小装饰品、布鲁塞尔地毯的固定形态——在他眼中都是一颗有生命的宝石，描画出来时也是如此，并且所有的这一切宝石都以和谐的方式融合成一个整体，形成一种更高层次的宝石，具有幻象的强度。当维亚尔笔下的"新耶路撒冷"中上阶层居民去散步时，他们发现

---

① 提香（Titian，约 1490—1576），意大利文艺复兴时期画家，被誉为"西方油画之父"。

② 柯罗（Corot，1796—1875），法国写实主义风景画和肖像画家。

③ 奥迪隆·雷东（Odilon Redon，1840—1916），法国象征主义画派主要画家。

自己并不像本来所认为的那样置身在塞纳—瓦兹省的区域中，而是置身在伊甸园中，置身在一个"另一世界"中，而这个"另一世界"基本上与我们这个世界相同，但是已经被美化，因此具有转送作用。①

---

① 见附录五。——原注

到目前为止，我只谈到充满喜悦的幻象经验，谈到以神学观点诠释这种经验，以及将这种经验转变为艺术。但是，幻象经验并不经常是充满喜悦的，它有时是很可怕的。除了天堂之外，也有地狱。

像天堂一样，幻象的地狱也有其超自然的亮光与超自然的意义。但这种超自然的意义在本质上是很可怕的，而这种超自然的亮光是《西藏度亡经》中的"多烟亮光"，米尔顿的"可见黑暗"。《一位精神分裂者的日记》[1]是一位年轻女孩经历疯狂状态的自传。在此书之中，精神分裂者的世界被称为"点亮的国度"。一位神秘学家可能使用这个名称来指称自己的天堂。

但是，对于可怜的勒妮这位精神分裂者而言，发亮的状态却像地狱一样——一种强烈的电光，没有影子，无所不在，难

---

[1] 《一位精神分裂者的日记》（*Journal D'une Schizophrene*），作者 M．A．泽歇哈耶，一九五〇年巴黎出版。——原注

以平息。凡是能为那些很健康的看见幻象的人带来喜悦的东西，却只为勒妮带来恐惧以及梦魇似的不真实感。夏日的阳光透露出恶意；磨亮的表面所发出的光不是让人想起宝石，而是机械与涂漆的锡；赋予每种客体生命的存在的强度，如果在近处观看，并脱离其功利情境，则感觉像是一种威胁。

然后就是"无限"所透露的恐怖。对于健康的看见幻象的人而言，在一种有限的东西之中知觉到"无限"，是显示出神圣的内在性；但是对于勒妮而言，则是显示出她所谓的"系统"，显示出广大的宇宙结构，而这种结构的存在只是为了制造出罪与罚、孤独与不真实。①

神志健全是程度的问题。有很多看见幻象的人所看到的世界就像勒妮所看到的，但他们无论如何努力要生活在精神病院外面。对他们而言，就像对那些正面地看见幻象的人一样，宇宙是改观了——却是更糟的改变。宇宙中的一切，从天空中的星星到脚下的尘土，都透露不可言喻的不祥或令人厌恶的意味；每个事件都充满一种可憎的意义；每种客体都显示出存有一种"内在的恐怖"——无限、全能、永恒。

这种以负面的方式改观的世界经常进入文学与艺术之中。

---

① 见附录六。——原注

这种世界在梵高后期的风景画中扭动着、威胁着;这种世界是卡夫卡所有的小说的背景与主题;这种世界是热里科[①]的精神本家;[②]戈雅在他耳聋与孤独的岁月中就是居住在这种世界中;布朗宁[③]在写《公子罗兰》时就是瞥见了这种世界;这种世界在查尔斯·威廉姆斯[④]的小说中有其地位,与神灵的显现形成对立。

[①] 热里科 (Géricault, 1791—1824),法国画家,法国浪漫主义画派的先驱。——译注

[②] 见附录七。——原注

[③] 布朗宁 (Browning, 1812—1889),英国维多利亚时代诗人。

[④] 查尔斯·威廉姆斯 (Charles Williams, 1886—1945),英国诗人、小说家、剧作家。

负面的幻象经验时常伴随以一种很特别又独特的身体感觉。充满喜悦的幻象通常都结合以一种脱离身体的感觉，一种个体解构的感觉。(无疑是这种个体解构的感觉，使得那些进行仙人掌素仪式的印第安人可能去使用仙人掌素这种麻药，不仅作为通往幻象世界的捷径，并且也作为一种媒介，在参与的群体里面创造出一种有爱意的团结精神。)一旦幻象经验变得可怕，而这世界以更糟的方式改变，则个体化的情况就会强化，那些负面地看见幻象的人就会发现自己与一种物体结合在一起，这种物体似乎会变得越来越浓密，越来越紧密，一直到最后变成一种痛苦的意识，一块浓缩的东西，不会比一块石头大，可以被握在两手之间。

　　我们应该在这儿说，在有关地狱的各种叙述之中所描写的众多惩罚，是涉及压力与束缚的惩罚。但丁笔下的罪人是被埋在泥泞之中，禁闭在树干之中，冻在冰块之中，压在石头下面。

"地狱"在心理上是真实的。精神分裂者经历过其中的很多痛苦,而那些在不利的情况下服用"麦司卡林"或麦角酸的人,也经历过其中的很多痛苦。①

所谓的不利的情况,其性质如何呢?天堂如何以及为何变成地狱呢?在某些情况下,负面的幻象经验是源于很显然的生理原因。"麦司卡林"在被服用后,很容易在肝脏中累积。如果肝脏有病,则所关联到的心智就可能处于地狱状态中。但就我们目前的问题而言,比较重要的是一个事实:负面的幻象经验可能由纯粹的心理方法诱导出来。恐惧与怒气可能阻挡那通往天堂似的"另一世界"的路,使得服用"麦司卡林"的人陷入地狱之中。

服用"麦司卡林"的人如此,那些自然看到幻象或受到催眠的人也是如此。"信仰有拯救作用"的神学教义,就是根植于这种心理基础——在世界上所有的伟大宗教传统中,都可以见到这种教义。来世论者经常很难将他们的理性与道德和心理经验的无理性事实相调和。身为理性主义者与道德家,他们认为,良好的行为应该得到奖赏,好人值得上天堂。但是,身为心理学家,他们知道,美德并不是获得充满喜悦的幻象经验的

---

① 见附录八。——原注

唯一或充分条件。他们知道，仅仅努力是没有力量的；要保证幻象经验充满喜悦，就要靠信仰或具有爱意的信心。

一旦有负面的情绪——恐惧意味着没有信心，而憎意、怒气或恶意排除了爱——就可以确定幻象经验将会是很可怕的。法利赛人是有美德的人，但是，他们的美德却与负面情绪并存，因此，他们的幻象经验很可能像地狱那样可怕，而不是充满喜悦。

就我们的心智的本质而言，一个罪人一旦悔罪，信仰了一种较高的力量，他就有可能拥有一种充满喜悦的幻象经验，比以下这种人更有可能：自满的社会重要人物，表现出正义的怒气，对于财产与伪装忧心忡忡，养成责备、轻视和谴责的根深蒂固的习惯。因此，所有伟大的宗教传统都非常看重临死前的心理状态。

幻象经验不同于神秘经验。神秘经验超越了对立状态的领域，幻象经验却仍然在这个领域之中。天堂引起地狱，"上天堂"并不是解放，不比沦入可怕的境地更解放。天堂只不过是一个有利位置，在这个位置上，比在平常个体化的存在层面上，更可能清楚看到神圣的"地上"。

如果意识在肉体死亡后还存在，那么它也存在于每一个心理层面——神秘经验的层面、充满喜悦的幻象经验的层面、地狱似的幻象经验的层面,以及日常个人存在的层面。

在生活中,如果充满喜悦的幻象经验持续太久,它也可能改变其征象。很多精神分裂的人享有天堂般快乐的时光,但是,由于他们不知道何时可以回归日常经验中那种令人放心的平凡状态(这一点和服用"麦司卡林"的人不同),所以甚至天堂也似乎显得很可怕。但对于那些不管什么原因受到惊吓的人而言,天堂都会变成地狱,喜悦都会变成恐怖,"清澈之光"都会变成"点亮的国度"的可憎亮光。

同样的事情可能出现在死后的状态中。大部分的灵魂在瞥见终极的"真实"那种令人无法忍受的光彩后,并在天堂与地狱之间来回穿梭后,都能够退入那个令人放心的内心领域,使用自己与别人的愿望、记忆与幻想,构建出一个世界,很像他们在尘世中所生活的世界。

在死去的人之中,只有非常少数的人能够即刻与神圣的"地上"结合,少数的人能够维持天堂的幻象喜悦,少数的人置身于地狱的幻象恐怖中,无法逃避;大部分的人最后都置身于斯威登堡和灵媒所描述的那种世界。一旦满足了必要的条件之后,无疑就可以从这种世界进入象征幻象喜悦或最终启示的世界。

我自己的猜测是：现代的唯灵论和古代的传统都是正确的。确实有一种死后的状态存在，如同奥利弗·洛奇①爵士在《雷蒙德》一书中所描述的；但是也有一个天堂存在，象征充满喜悦的幻象经验；还有一个地狱存在，象征可怕的幻象经验，就像精神分裂的人和一些服用"麦司卡林"的人在这个世界上所遭受的那种经验；最后，还有一种超越时间的经验存在，即与神圣的"地上"结合的经验。

---

① 奥利弗·洛奇（Oliver Lodge, 1851—1940），英国物理学家、作家。

附录一

有另外两种作用比较不大的东西，有助于幻象经验，值得一提——二氧化碳与频闪灯。如果一个人吸进七份的氧与三份的二氧化碳的混合物，则他的身体就会产生一些生理上和心理上的变化，也就是麦杜纳[①]已经详细加以描述的那些变化。就目前我们所讨论的情况而言，其中最重要的变化是：眼睛闭起时，"看到幻象"的能力明显地增强。有时当事者只会看到旋涡状的图样色彩，有时则可能生动地回想起过去的经验。（因此二氧化碳具有治疗的价值。）还有的时候，二氧化碳会把当事者转送到位于日常意识两极的"另一世界"，使得他在短暂的时间中享有幻象经验，而这种幻象经验与他自己的个人史或一般人类的问题完全没有关联。

从这些事实来看，我们很容易了解瑜伽的吐气与吸气练

[①] 麦杜纳（Meduna，1896—1964），匈牙利精神病学家和神经病理学家。

习的原理。如果很有系统地练习吐气与吸气，则在经过一段时间后，就可以闭气很长的时间。闭气很长的时间，会使肺部与血液中的二氧化碳浓度增加，而一旦二氧化碳浓度增加，就会降低脑部作为一种活瓣的效能，使得幻象经验或神秘经验从"那儿"进入意识之中。

　　长久又持续的喊叫或歌唱，可能产生类似但较不明显的结果。除非唱歌的人受到高度的训练，不然都是吐气比吸气多。因此，肺泡以及血液中二氧化碳的浓度会增加，大脑活瓣的效能会降低，于是幻象经验就可能出现。因此，就有了魔术与宗教无止境的"愚蠢重复"。巫师、僧医的吟唱；基督徒与佛教僧侣无止境地唱圣歌与念经；福音布道者一小时又一小时的喊叫与吼叫——在各种神学信仰和美学传统之下，"心理—化学—生理"的意向一直没变。增加肺部与血液中的二氧化碳浓度，如此降低大脑活瓣的效能，让生理上无用的东西从"自由的心智"进入——这一点虽然喊叫的人、唱歌的人以及喃喃自语的人并不知道，但其实一直就是魔术、咒语、连祷、赞美歌以及经文的真正目的与意义。帕斯卡说："心有其理性。"肺部的理性、血液与酶的理性、神经元与突触的理性，更加强有力，更加难以说明。通往超意识的途径是经由潜意识，而通往潜意识的途径（或至少途径之一）是经由个别细胞的化学性。

谈到频闪灯，我们就从化学进入物理学的更基本领域了。频闪灯有规律的闪亮，似乎是经由视神经直接作用在脑部活动的电能显示上。（基于这个理由，使用频闪灯总是会有一点危险。有些人会有"微恙"，但没有任何明确的症状，因此不会意识到这个事实。这种人面对频闪灯，可能会引发全面的癫痫症。危险不是很大，但必须经常加以辨识。八十个个案中可能有一个个案会变得很糟。）

眼睛闭起来，坐在频闪灯之前——这是一种很奇异又迷人的经验。灯一转亮，色彩最明亮的图样就会显示出来。这些图样并不是静态的，而是会不断改变。这些图样的主要色彩取决于频闪灯的频闪率。如果频闪灯闪亮的频率介于每秒钟十到十四或十五次，那么图样主要是橘色与红色。如果频率超过每秒钟十五次，则会出现绿色与蓝色。在十八次或十九次后，图样就变成白色和灰色。我们到底为何会在频闪灯下看到这种图样？其原因并不为人所知。最明显的理由可能是：两种节奏或更多的节奏互相干扰，即灯光的节奏以及脑部电能活动的节奏。视觉中心和视神经可能把这种干扰改变成别的情况，让内心意识到这种情况是一种有色彩又移动着的图案。有一个事实虽由几个实验者进行独立的观察，却更加难以说明，那就是，频闪灯对于由"麦司卡林"或麦角酸所诱导出来的那些幻象，会有丰富与强化的作用。例如，这儿有一个个案，是由我的一位医生朋友告诉我的。他服了麦角酸，眼睛闭起来时只看到有色彩又移动着的图案。然后，他坐在一个频闪灯前面。灯转亮了，抽象的几何图形立刻转变成我的朋友所描述的超美的"日本风景"。但是，两种节奏的干扰到底如何可能导致电能的组合，使他能够将之诠释为一种有生命、自我调节的日本风景，不像他所曾看过的任何东西，充满超自然的光与色，也充满超自然的意义？

这种神秘只是一种更大、更广泛的神秘的一个特例。所谓更大、更广泛的神秘，是指在细胞、化学与电能的层面上，幻象经验与事件之间的关系所具有的性质。彭菲尔德[①]以一种很精细的电极触碰一个人脑部的一些部位，能够导致这个人回忆起一长串的事情，都关系到过去的某种经验。这种回忆不仅在每种知觉的细节都很准确，也伴随以事件最先发生时所激起的所有情绪。病人在局部麻醉的情况下，发觉自己同时处在两个时间和地点之中——在此时的手术房之中，也在过去好几千个

---

① 彭菲尔德（Penfield，1891—1976），美国著名脑神经学家。

日子以及好几百里外的童年家中。人们怀疑，难道脑中有一个部位，可以用探测的电极诱出布莱克所幻见到的天使，或者韦尔·米切尔所幻见到的自动转变的哥特式高塔，镶嵌着活生生的宝石，或者我那位朋友所幻见到的不可言喻的迷人日本风景？如果像我自己所相信的那样，幻象经验是从无止境的"自由的心智那儿"的什么地方进入意识之中，那么，接收又传达的脑部为幻象经验创造出神经学上什么种类的特别图案呢？还有，当幻象消失时，这种特别的图案又怎么样了呢？为何所有看见幻象的人都坚称，他们不可能回想起自己的美化经验？甚至跟幻象的原来形式与强度微微相似的东西，也不可能让他们回想起？问题多么多——然而，答案却多么少！

附录二

在西方世界中,看见幻象的人以及神秘主义者现在不像以前那么常见了。这其中有两个原因——哲学的原因与化学的原因。在当今很流行的宇宙构图中,可靠的超自然经验并没有占一席之地。因此,那些有过自认很可靠的超自然经验的人,都被人以怀疑的眼光看待,被视为疯子或骗子。成为一个神秘主义者或看见幻象的人,不再是可称许的事情了。

不仅是我们的心智趋向不利于看见幻象的人以及神秘主义者;我们的化学环境也不利于这两种人,因为我们的化学环境非常不同于我们的祖先所生活的那种化学环境。

脑部会受到化学的控制。经验表明,脑部会被"自由的心智"那些多余的(就生理的观点而言)层面所浸透,也就是说,借着改变身体正常的(就生理的观点而言)化学性而浸透它。

我们的祖先每年几乎有一半的时间不吃水果、绿色蔬菜,也很少吃黄油、鲜肉、蛋(因为他们在冬天时不可能饲养很多牛、猪以及家禽)。到了下一个春天开始时,大部分的人都会稍微或严重地患坏血病,因为缺乏维生素 C;也会患糙皮病,因为食物中缺乏 B 族维生素。这些病症所出现的恼人症状都跟同样恼人的心理症状有关。①

神经系统比身体其他组织更脆弱;因此,缺少维生素的现象会先影响到心智状态,然后才会影响到——至少以任何很明显的方式——皮肤、骨骼、黏膜、肌肉与脏腑。食物不足所造成的第一个结果是:脑部作为一种生物生存的工具,其效能降低了。营养不良的人容易出现焦虑、沮丧、忧郁等症状,以及焦虑的感觉。这种人也容易看到幻象,因为一旦大脑活瓣的效能降低,很多没有用的(就生理的观点而言)东西就会从"自由的心智那儿"流进意识之中。

较早期那些看到幻象的人所具有的大部分经验都是很吓人的。如以基督教神学的语言来说,那就是,魔鬼比上帝更经常出现在他们的幻象与狂喜中。在维生素缺乏而人们又普遍

---

① 见《人类饥饿的生物学》(*The Biology of Human Starvation*)一书,作者 A. 凯伊斯,一九五〇年明尼苏达大学出版社出版;也请参考乔治·沃森(George Watson)博士和他在南加州的同事就"维生素的缺乏在精神疾病中所扮演的角色"这项研究所完成的报告(一九五五年)。——原注

相信魔鬼的时代，这种情况并不足为奇。精神上的痛苦，结合以轻微的糙皮病与坏血病，由于害怕下地狱，又相信邪恶的力量无所不在，因此情况更严重了。这种痛苦容易以自身的阴郁去沾染幻象的材料——幻象的材料经由大脑活瓣进入意识，因为大脑活瓣的效能由于营养不良而遭受破坏了。但是，进行灵修的禁欲者尽管专注于永恒的惩罚，尽管因为缺乏维生素而患病，然而他们却时常看到天堂，甚至可能时而意识到那公正的"唯一上帝"，时而意识到两极在其中融合为一。为了一睹至福，为了先尝统一的知识，再高的代价都不会太高。身体受到折磨，可能会产生很多不为人所喜欢的精神症状，但也可能开启一扇门，进入一个超自然的"存有""知识"与"至福"世界。所以，尽管以固定的方式折磨身体有其明显的坏处，但是过去几乎所有渴望精神生活的人还是这样做。

就维生素而言，中世纪的每一个冬天都是一段漫长又非自愿的禁食时间，而在这段时间之后，接着又是四旬斋期间四十天的自愿禁食。在"圣周"期间,信徒们都非常充分地准备——就身体化学而言——准备面对这一周以惊人的方式激起悲愁与喜悦，准备面对良知的适时苛责，以及以自我超越的方式认同复活的耶稣。在这个最高的宗教兴奋以及最低的维生素摄取的季节，狂喜与幻象几乎是司空见惯的现象，是相当可以预期的。

对于隐遁的修行者而言，每一年都有几个"四旬斋"。甚至在不禁食时，他们的食物也是极为微薄的。因此很多心灵作家描绘出沮丧与犹豫的痛苦；因此他们以可怕的方式陷入失望与自戕的境地；但也因此出现那些"无偿的恩宠"，即天堂般的幻象与语词、预言似的见识，以及心灵感应式的"精神洞察力"。因此最后出现了他们那种"被灌注的沉思默想"，以及有关"万物归一"的"暧昧知识"。

禁食并不是较早期渴求灵修的人所诉诸的唯一生理折磨方式。他们之中大部分的人都经常以打结的皮革甚至以铁丝制成的鞭子，鞭打自己。这种鞭打行为相当于那种不使用麻醉剂但范围相当广大的外科手术，其对苦修者的身体化学所造成的影响是相当大的。当鞭子真正打下去时，大量的组织胺和肾上腺素会释放出来；当伤口开始溃烂时（在没有肥皂的时代，伤口总是会溃烂），由于蛋白质解体而产生的各种有毒物质就会进入血管中。但是组织胺会造成休克，而休克对身心都有同样大的影响。而且，大量的肾上腺素可能引起幻觉，而肾上腺素分解后的一些产物，会造成类似精神分裂的症状。至于伤口所产生的毒素，则会干扰酶系统对脑部的调节，降低其在"适者生存"的世界中发挥力量的效能。所以达斯牧师才说，在他可以毫不慈悲地自由鞭打自己的日子里，上帝不会拒绝他任何东西。换言之，当懊悔、自我憎恶以及对地狱的恐惧释放出肾上腺素时，当自加的皮肉之痛释放出肾上腺素以及组织胺时，当受到感染的伤口把分解的蛋白质释放进血液中时，大脑活瓣的效能就会降低，而"自由的心智"那些不熟悉的层面（包括"超生理"现象、幻象以及神秘的经验——如果"自由的心智"在哲学上和道德上都有所准备的话）就会流进禁欲者的意识中。

我们都知道，"四旬斋"是紧接在长时期的非自愿禁食之后。同样的，自我鞭打所产生的影响，在较早时会因为不自主地吸收大量分解的蛋白质而增强。当时并没有牙医，外科医生是刽子手，又无安全的防腐剂。因此，大部分的人必须在局部感染的情况下活命，而局部感染虽然不再是人体所有疾病的原因，但确实会降低大脑活瓣的效能。

而这一切的道德寓意是——什么呢？"莫非"哲学的代表人物们会回答说，由于身体化学的变化会产生有利于幻象与神秘经验的情况，所以幻象与神秘经验不可能是它们所显示的情况——不可能是那些有过这种经验的人所认为的不证自明的情况。但是，这一点当然是不正确的推论。

那些实行过度的"心灵"哲学的人也会获得类似的结论。他们会坚持，上帝是一种心灵，人们要在心灵上崇拜他。因此，一种以化学的方式制约的经验不可能是神圣的经验。但是，就某方面而言，我们所有的经验都是以化学的方式制约的。如果我们认为它们其中有一些是纯粹"心灵"的、纯粹"智力"的、纯粹"审美"的，那么，这只是因为我们不曾费心去探究它们在出现时那一刻的内在化学环境。而且，有一件事是有历史记录可查考的，那就是，大部分沉思默想者都以有系统的方式去改变自己的身体化学，想要创造出有利于心灵洞识的内在条件。如果他们没有借着禁食以造成血糖降低和维生素缺乏的情况，如果他们没有借着鞭打自己以产生组织胺、肾上腺素和分解的蛋白质，进入陶醉状态，那么，他们就会去养成失眠的习惯，以不舒服的姿态长时间祷告，以便创造出身心的紧张症状。其余的时间，他们就唱着无止境的圣歌，如此增加肺部和血管中二氧化碳的量，或者，如果他们是东方人的话，他们就会进行吸气与吐气的练习，以达到同样的目的。今日，我们知道如何借着直接的化学作用降低大脑活瓣的效能，而不会对身心有机体造成严重的伤害。就现今的知识情况而言，一位有抱负的神秘主义者要回归到长久的禁食与激烈的自我鞭笞，那是很愚蠢的事，就像一位有抱负的厨子表现得像查尔斯·兰姆笔下的那位中国人——他烧毁房子，只是为了烤一只猪。有抱负的神秘主义者知道（或者如果他想要的话，他至少能够知道）超自然经验的化学状态，他应该诉诸专家，寻求技术上的助力——在药理学方面，在生物化学方面，在生理学与神经学方面，在心理学、精神病学与通灵学方面。而专家们（如果他们之中有任何人渴望成为真正的科学家和完全的人）当然应该从各自的小格子中走出来，走向艺术家、女预言家、看见幻象的人、神秘主义者——简言之，这些人都具有"另一世界"的经验，并且以不同的方式知道如何处理那种经验。

附录三

　　幻象似的效果以及诱导幻象的方法，在大众娱乐中比在精美艺术中扮演更重要角色。烟火、盛会、戏剧性的景象——这些基本上都是幻象艺术。很不幸，它们也是短暂的艺术，其较早的杰作只经由报道才为我们所知晓。以下的一切至今全不见踪迹了：罗马的凯旋式、中世纪的比武、詹姆士一世时代的假面剧、长时间连续的庄严入场、加冕、皇室婚礼、庄重的斩首示众、圣者封号与教皇葬礼。关于这种堂皇的情景，我们最大的希望是：它们可以"在色托的剧目中多活一天"。

　　这些通俗的幻象艺术有一个有趣的特色，那就是，它们相当依赖当代的科技。例如，烟火在以前只不过是野火（我可以补充说，一直到今天，黑夜之中美好的野火一直是最神奇和最有转送作用的景象之一。人们看着它，能够了解墨西哥农民的心态：他们焚烧一亩的林地，以便种植玉米，但是，一旦在一种可喜的意外中，一二平方里的林地燃起了明亮、天启式的火焰，他们就觉得很高兴）。真正的放烟火是始于围城和海战时人们使用易燃物（如果在中国不是如此，至少在欧洲是如此）。后来，放烟火从战争转到娱乐。罗马帝国时代有烟火表演，甚至在帝国衰微时，有些烟火表演也极为精致。以下是克劳狄安①对于曼留斯·希奥多鲁斯于公元三九九年所施放的烟火的描述：

> Mobile ponderibus descendat pegma reductis
> inque chori speciem spargentes ardua flammas
> scaena rotet varios, et fingat Mulciber orbis
> per tabulas impune vagos pictaeque citato
> ludant igne trabes, et non permissa morari
> fida per innocuas errent incendia turres.

"除掉平衡物吧，"普拉特纳尔先生以直率的语言加以翻译，并没有适当地处理原文的铺张句法，"也降下移动的起重机吧，降在高高的舞台人员身上，他们以齐一的手法旋转火焰。让锻冶之神制造出火球，滚过木板，不造成伤害。让火焰出现，在

---

① 克劳狄安（Claudian，约370—约404），古罗马诗人。

舞台的虚假梁柱和一团温驯的大火四周舞动,永远不休止,徘徊在没有被触碰过的高塔之中。"

罗马衰亡之后,放烟火再度成为完全的军事艺术。其最大的成就是卡里尼克斯于大约公元六五〇年发明了有名的"希腊之火"——这是一种秘密武器,使得逐渐衰弱的拜占庭帝国能够长时间抵抗敌人。

在"文艺复兴"时期,烟火再度进入通俗娱乐的世界中。随着化学的每一次进步,烟火变得越来越明亮。到了十九世纪中叶,烟火已经臻至科技完美的高峰,能够把众多的观看者转送到内心的幻象两极。这些众多的观看者的内心,就有意识的层面而言,包括可敬的卫理公会教徒、普西主义的信仰者、功利主义者以及密尔[1]、马克思、纽曼[2]、布拉德劳[3]或塞缪尔·斯迈尔斯[4]的信徒。在拉尼拉格的"罗马人民广场"以及"水晶宫",每年的七月四日与七月十四日,一般人在看到金属锶的深红亮

---

[1] 密尔(Mill,1806—1873),英国著名哲学家、经济学家、逻辑学家、政治理论家。

[2] 纽曼(Newman,1801—1890),英国著名的高等教育思想家。

[3] 布拉德劳(Bradlaugh,1833—1891),英国政治活动家,无神论者。

[4] 塞缪尔·斯迈尔斯(Samuel Smiles,1812—1904),英国著名作家,成功学开山鼻祖,著名的社会改革家。

光、铜的蓝色亮光、钡的绿色亮光,以及钠的黄色亮光时,都会在潜意识中想到那个"另一世界"——位于下面那个心理上的澳洲之中。

盛会是一种幻象艺术,从邈远的时代就被使用为一种政治工具。国王、教皇及其个别的军事和宗教侍从所穿的华丽、花哨的衣服,都有一种很特别的目的——让下层阶级的人生动地感觉到主人那种超人的伟大。借着精美的衣服和庄严的典礼,事实上的支配转变成另一种支配,不仅是"法理上"的支配,并且在积极面上也是"神圣的法理上"的支配。冠冕与冠状头饰、各种的珠宝、缎、丝、绒、俗丽的制服与礼服、十字架与奖牌、剑柄与牧杖、斜戴的帽子上的羽毛,以及牧师那些相当于帽子的东西上的羽毛、那些巨大的羽扇,使得每种教皇仪式看起来都像《阿伊达》中的生动场面——所有的这一切都是诱导幻象的道具,其设计是为了使得所有太具人性的男男女女看起来像英雄、半神与天使,并且在这个过程中为所有的当事人——演员与观众——提供很多无害的欢乐。

在过去的两百年之间,人造亮光方面的科技已经有了长足的进步,并且由于这种进步,盛会的效果,以及关系紧密的戏剧性景观艺术的效果也增强了。第一次明显的进步出现在十八世纪，因为可塑性的鲸油蜡烛被引进，取代较古老的牛油浸液和流体小蜡烛。接着是阿根德管状灯芯的发明，它可以在火焰的内外面供应空气。玻璃灯罩很快跟着而来，人们在历史上第一次可以借着燃烧油而享有明亮又完全无烟的亮光。煤气是在十九世纪初期第一次被使用在照明方面。一八二五年，托马斯·德拉蒙德①发现一种很实际的方法，那就是借着氧氢或氧煤气所产生的火焰，将石灰加热到白热程度。同时，人们已经使用抛物面反射器，把亮光聚集成狭窄的光束。（装备有这种反射器的第一座英国灯塔在一七九〇年建立。）

  这些发明对于盛会与戏剧性的景观的影响是很深远的。在较早的时候，市民与宗教的典礼只能在白天举行（而白天可能晴朗，也可能多云），或在日落之后，借助于多烟的灯和火炬或蜡烛的微弱闪烁举行。"阿根德和德拉蒙德"、煤气、聚光灯，以及四十年后电的发现，使得人们可以从无止境的黑夜混沌中引出华丽的宇宙岛，在其中，金属与宝石的亮光、天鹅绒与锦缎的豪华亮光被加以强化，达到所谓的本质意义的最高峰。关于古代的盛会借着二十世纪的亮光装备提升到更高的神奇境

---

  ① 托马斯·德拉蒙德（Thomas Drummond，1797—1840），英国土木工程师。

地，最近有一个例子，那就是女王伊丽莎白二世的加冕。在描绘这个事件的那部电影中，有一个仪式透露出转送作用的光彩，被保留了下来，不致湮没（这种庄严的仪式经常遭遇湮没的命运），在照明灯照射之下发出超自然的亮光，让当代以及未来的大量观众有福观赏。

有两种个别和分开的艺术在戏剧中运作——属于人类的戏剧艺术，以及属于幻象、"另一世界"的景象艺术。这两种艺术的要素可能在单单一个晚上的娱乐中结合在一起——戏剧被打断（在莎士比亚戏剧的精心演出中时常有这种情况），以便让观众享有一种"活人画"，在其中，演员可能静止不动，或者如果动的话，也只是以一种非戏剧的方式动着，显得很有礼节，像游行的队伍，或者跳着正式的舞蹈。我们在这儿所关心的并不是戏剧，我们所关心的是戏剧性的景象，而所谓戏剧性的景象是指没有政治或宗教色彩的盛会。

就服饰供货商和舞台珠宝设计师的次要幻象艺术而言，我们的祖先是无与伦比的大师。尽管他们依赖独立的肌肉力量，但是他们在建造和运作舞台机械方面，以及在设计"特别效果"方面，却并不远落在我们之后。在伊丽莎白时代以及斯图亚特时代早期的假面剧之中，神圣的天使下降，魔鬼从地窖冲出来，是很常见的情景；天启的情况也很常见，最惊人的变形情况也很常见。人们把大量的金钱花费在这些景象上。例如，英国"法学协会"曾为查尔斯一世上演一出戏，花费超过两万英镑——当时英镑的价值是现在的六七倍。

"木匠的行业，"本·琼森[①]曾以讽刺的口吻说，"是假面剧的灵魂。"他这种轻视的态度是源于憎恶的心理。伊尼戈·琼斯[②]设计布景所赚的钱跟本·琼森写剧本所赚的钱一样多。本·琼森这位自尊心受伤的桂冠诗人，显然没有了解一个事实：假面剧是一种幻象艺术，而幻象经验是超越字语的（无论如何，超越最具莎士比亚成分的字语以外的所有字语），是借由对一些事物的直接知觉而唤起，因为这些事物让观看者想起一些事——是在他个人的意识中那未被探险的两极所正在进行的事情。就事物的本质而言，假面剧的灵魂永远不可能是本·琼森的剧本，假面剧的灵魂必须是木匠的行业。但是，甚至木匠的行业也不可能是假面剧的整个灵魂。当幻象经验从内心出现时，它经常呈现出超自然的明亮。但是，早期设计布景的人除了蜡

---

① 本·琼森（Ben Jonson，约1572—1637），英国剧作家、诗人、演员。

② 伊尼戈·琼斯（Inigo Jones，1573—1652），英国古典主义建筑学家。

烛之外，并没有可资运用的照明设备。就近距离而言，蜡烛能够创造出最神奇的亮光与对照的阴影。伦勃朗与乔治·德·拉·托尔的幻象绘画，其中的人与物都是借着烛光所看到的人与物。很不幸，亮光所根据的是平方反比律。如果一位演员穿着易燃的化装舞会衣服，与蜡烛保持安全距离，那么蜡烛是非常不足的。例如，如果距离是十英尺，那就需要一百支最佳的小蜡烛才能产生一支一英尺长的蜡烛的有效照明效果。在这样微弱的亮光下，假面剧的幻象潜力之中只有很小的一部分可以成真。事实上，假面剧的幻象潜力要到它的本来形式消失很久之后才会实现。十九世纪时科技进步，戏院有了聚光灯和抛物面反射器，假面剧才充分盛行。维多利亚女王时代是所谓圣诞节哑剧和奇妙景象的伟大时代。《阿里巴巴》《孔雀国王》《金树枝》《珠宝之岛》——这些名字都很神奇。那种戏剧的神奇力量，其灵魂在于木匠行业和制衣业，其内在精神、其灵魂亮光在于煤气与聚光灯，以及八十年后的电。在戏剧史上，最白热的亮光第一次美化了上漆的背景、服饰、玻璃与珠宝赝品，所以它们能够把观众转送到那个位于每个人内心深处的"另一世界"，无论每个人的内心多么能够适应社会生活的紧急状态——甚至维多利亚中期英国的社会生活的紧急状态。现今，我们处在很幸运的情势中，能够耗费五十万马力的电力来照亮一个大城市的夜晚。然而，尽管人造亮光的价值降低了，但是戏剧性的景象仍然保有它古老的强有力神奇性。假面剧的灵魂具体化在芭蕾舞、轻松歌舞和音乐喜剧之中，继续向前迈进。千瓦的灯和抛物面反射器发射出一束束超自然的亮光，而超自然的亮光在它所触及的每种东西之中召唤出超自然的色彩和超自然的意义，甚至最愚蠢的景象也会显得很奇妙。这就像一个"新世界"被召唤进来，以调整旧世界的平衡——幻象艺术弥补太具人性的戏剧的不足。

阿塔纳斯·珂雪的发明——如果真的是他的发明——是根据第一盏"神奇之灯"命名。这个名字到处为人采用，被视为非常适合一种机器，因为这种机器的原料是亮光，它的成品是一种从黑暗中出现的彩色影像。为了使原来的"神奇之灯"显得更加神奇，珂雪的继任者设计出很多方法，为投射出来的影像加上生命与动态。所谓的"旋转彩色"幻灯片，是用两块涂色玻璃圆盘在相反的方向旋转，产生一种粗糙但仍然很有效的情景，就像那些永远在变化的三度空间图案，也就是曾经有过幻象——无论是自然的幻象，或由药物、禁食或频闪灯所诱导出来的幻象——的几乎每个人所看到的图案。还有所谓"溶解的景象",让观看的人想起在自己的日常意识的两极中不断进行着的那些变形现象。为了使一种情景不知不觉变成另一种情景,可以使用两盏神奇的灯,把同时出现的影像投射在屏幕上。每一盏灯装上一个快门,可以将一盏灯的亮光逐渐变暗,将另一盏灯的亮光(本来完全遮蔽)逐渐变亮。如此,第一盏灯所投射的影象不知不觉为第二盏灯所投射的影象所取代——让所有观看的人又惊又喜。另一种装置是可移动的神奇之灯,将影像投射在一个半透明的屏幕上,在屏幕的较远一边坐着观看者。当灯转到靠近屏幕的地方时,投射出来的影像显得很小。当灯后退时,影像逐渐变大。一种自动的聚焦装置可以让变化的影像在所有的距离之中都显得鲜明又清晰。"幻影"一词是在一八〇二年由发明这种新西洋镜的人所创造的。

神奇之灯的这一切技术改进,跟"浪漫主义运动"的诗人与画家同属一个时代,可能对他们在题材的选择上和处理题材的方法上发挥了某种影响力。例如,《麦布女王》与《伊斯兰的反叛》就充满了"溶解的景象"和"幻影"。济慈描写情景与人物,描写室内景观与家具以及光的效果,都具有强烈的亮光特性,就像彩色影像出现在一间暗房的白纸上。约翰·马丁①描绘撒旦和伯沙撒，描绘地狱、巴比伦与"大洪水"，灵感显然来自幻灯片以及被聚光灯强烈照亮的"活人画"。

二十世纪相当于神奇之灯的东西是彩色电影。在巨大又伸延的"奇观"之中，假面剧的灵魂继续前进——有时候表现得很激烈，但有时也透露出品味，对于那种诱导幻象的奇想传达出真实的感受。而且，由于科技的进步，彩色的纪录片已经借由巧妙的手法，证明是通俗幻象艺术的一种值得注意的新形式。在迪士尼的影片《沙漠奇观》结束时，观众沉迷在放大无数倍的仙人掌花之中，而这种放大无数倍的仙人掌花直接来自"另一世界"。然后，在最佳的大自然影片中，我们看到多么具有转送力量的幻象：风中的树叶、岩石与沙粒的纹理、草地或芦苇中的阴影与翡翠色亮光，在矮树丛或森林树枝营生的鸟、虫与四足动物！这就是近处观赏的神奇风景画，吸引了"千叶"挂毯制造者，吸引了中世纪的花园与狩猎情景画家。这就是活生生的大自然的增大与孤立的细节，而远东的画家已经在这种活生生的大自然中画出了一些最美丽的作品。

然后就是所谓的"扭曲的纪录片"——是幻象艺术的一种

---

① 约翰·马丁（John Martin，1789—1854），英国浪漫主义画家，善于描绘巨大的场景，以丰富的想象力创造气势恢宏之感。

奇异新形式，弗朗西斯·汤普森的电影《纽约，纽约》可以作为一个令人赞赏的实例。在这部很奇异又美丽的电影中，我们看到纽约这个城市以多倍数棱镜拍摄，或者反映在汤匙、磨亮的毂盖以及抛物面镜子的背面。我们仍然认出房子、人物、商店、出租车，但也认出它们是一个活生生的几何图形的要素，也就是在幻象经验中很独特的那种几何图形。这种电影新艺术的发明似乎预示非具象绘画的被废弃与早夭（谢天谢地！）。非具象主义者常说，彩色摄像使得老式的人像画和老式的风景画变成没有用的荒谬东西。这种说法当然是完全不正确的。彩色摄像只是以一种容易复制的形式，将人像画家和风景画家所使用的原料加以记录和保存。就以汤普森先生使用彩色电影的情况而言，彩色电影不只是将非具象艺术的原料加以记录与保存，它实际上就是成品。我注视着《纽约，纽约》这部影片，很惊奇地看到，过去四十年或更长的时间以来，非具象艺术的"老大师们"所发明，以及学校的学者和风格主义者以令人厌烦的方式所翻版的几乎每种绘画方法，都出现在汤普森的电影之中，显得生动、发亮，透露出强烈的意义。

我们能够投射出一束强有力的亮光，不仅使得我们能够创造出新形式的幻象艺术，并且也为一种最古老的艺术——雕刻的艺术——赋予一种前所未有的新幻象特性。我曾在较早的一个段落中谈到泛光灯对于古代纪念碑和自然的客体所造成的神奇效果。如果我们把聚光灯转向石雕,也会见到同样的效果。富塞利①从自己的一些最佳和最狂野的绘画观念中获得这种灵感:他研究卡瓦罗山上的雕像,在被日落的亮光所照耀,或在更佳的情况下,被午夜的闪电所照亮的这些雕像。今日,我们不再使用人造落日和合成闪电了。我们可以从自己所喜欢的任何角度照亮我们的雕像,获得我们所欲求的几乎任何的强度。因此,雕像已经显露出新鲜的意义以及明确的美。当希腊与埃及的古物展示在泛光灯下时,请选某一个夜晚去参观卢浮宫吧。你会见到新的神灵、仙女和法老;当一个聚光灯熄灭,而另一个聚光灯在一个不同的空间点亮时,你将认识萨莫色雷斯岛整个家族的陌生"胜利女神"。

过去的时光并不是固定而不可改变的。后来的每一代都会以现今的品位和喜好去重新发现过去时光的事实,重新评估其价值,重新界定其意义。每一个时代都从同样的文件、纪念碑和艺术作品之中创造其自身的中世纪、其个人的中国、其专利

---

① 富塞利(Fuseli, 1741—1825),英国画家,作品有异国情调、独创性和色情味道。

的希腊。由于最近照明科技的发展，现在我们能够更加超越我们的祖先。我们不仅重新诠释以前的人所留给我们的伟大雕刻作品，我们实际上也改变了这些作品的物理外表。我们看到人们以一种不曾在陆地或海上出现的亮光照亮希腊雕像，然后采取最奇怪的角度，以一连串片段的特写镜头拍摄它们，所以，它们几乎不像艺术批评家和一般大众在过去的暗淡画廊和正派雕刻中所看到的希腊雕像。古典艺术家无论可能生活在什么时期，其目标都是要为混乱的经验赋予秩序，并提供一种可理解和理性的现实描绘，在其中，所有的部分都清晰可见，且关系一致，所以，观看的人很准确地知道（或者更准确地说，自认如此）真正的情况。这种有关"理性的秩序"的理想并不吸引我们。因此，当我们面对古典艺术的作品时，就会使用能力所及的所有方法，让它们看起来不像原来的东西，也不是作者原来意想的样子。一部作品的整体意义在于其概念的一致性，但我们从这部作品之中选出一个单一的特点，把我们探测的眼光集中在它上面，将它从所有的情境中抽取出来，强加在观看者的意识上。如果我们认为一种轮廓显得太具连续性，太明显地可理解，我们就将它破坏，让无可穿透的阴影和片片刺目的亮光交替出现。当我们拍摄一个雕像的形体或群体时，我们会使用摄影机将一个部分孤立出来，然后将这个部分展示出来，独立于整体之外，像是一个谜。借着这种方法，我们能够去除最严苛的古典作品的古典成分。希腊雕刻家菲狄亚斯的一部作品经过光的处理，由一位熟练的摄影师来拍摄，就会变成一部哥特式的表现主义作品；另一位希腊雕刻家普拉克西特列斯的一部作品，经过同样的处理，就会变成迷人的超现实作品，从最湿软的潜意识深处被捞上来。这也许是不好的艺术史，但确实是很大的乐趣。

附录四

乔治·德·拉·托尔起先是他的故乡洛林的公爵的常任画家,然后是法国国王的常任画家。他在一生之中被视为伟大的画家,而他显然也是如此。随着路易十四的就位,以及一种新"凡尔赛宫艺术"——主题是贵族的,风格透露清晰的古典意味——的兴起与刻意经营,这个一度很有名的人物的光环就完全消失了,不到两三代的时间,他的名字已经被遗忘,他留存下来的画作被认为是以下诸人所画:勒南三兄弟、洪特霍斯特[①]、苏巴朗、穆立罗[②],甚至委拉斯凯兹[③]。重新发现拉·托尔的工作始于一九一五年,实际上在一九三四年完成——当时卢浮宫举行了

---

① 洪特霍斯特(Honthorst,1590—1656),荷兰画家,擅长描绘灯光下的人物形象和环境。

② 穆立罗(Murillo,1617—1682),西班牙著名画家。

③ 委拉斯凯兹(Velazquez,1599—1660),文艺复兴后期西班牙最伟大的画家。

一次值得注意的"现实画家"画展。在被忽视几乎达三百年之后，法国最伟大的画家之一终于重见天日。

乔治·德·拉·托尔是一位看得见幻象的外向人物，他的艺术忠实地反映外在世界的一些层面，却是在一种美化的状态中反映它们，所以每一个最卑微的细节都变得具有本质的意义，显示出绝对的状态。他大部分的作品都是描绘那些仅仅借着一根蜡烛的亮光所看到的形体。卡拉瓦乔和西班牙人都指出，一根蜡烛能够造成最大的戏剧性效果。但是，拉·托尔对于戏剧性的效果不感兴趣。他的画并不具戏剧性的成分，并不具悲剧、可怜或怪异的成分，没有动作的描绘，不诉诸一些情绪，也就是人们到戏院去引发然后加以平息的那些情绪。他画中的人物基本上是静态的。这些人物从不做任何事情，他们只是存在于那儿，就像一座法老的花岗石雕像存在于那儿，或一座高棉的菩萨雕像，或皮耶罗的一座扁平足天使雕像。每一次，他都使用一根蜡烛来强调这种强烈却冷静、客观的"存在于那儿"的状态。由于借着不平常的亮光展示出平常的东西，所以亮光的火焰显示出纯然存在物的生动神秘与无法说明的奇迹。他的画几乎没有宗教成分，所以我们经常无法决定所看到的画是《圣经》的插图，还是借着烛光所画的模特儿试画。在雷恩地方的"基督诞生"是真正的那一次的"基督诞生"呢？还是只是一次的"基督诞生"呢？有一幅画，画着一个老年人在一个年轻女孩的眼前睡觉——这幅画只是如此而已吗？还是救援天使降临狱中的圣彼得？我们不得而知。但是，虽然拉·托尔的艺术完全没有宗教成分，却一直透露深沉的宗教意味，因为他的艺术以无与伦比的强度显示出神圣的无所不在气息。

我们必须补充说，身为一个人，这个画出上帝内在性的伟大画家，似乎很自傲、很无情，表现出令人难以忍受的专横与贪婪。这一点再度指出一个事实：一位艺术家的作品与他的性格之间是永远不会一致的。

附录五

维亚尔大部分是以近处观察的方式描绘室内景观,但有时也描绘花园。在一些画中,他设法把近处的神奇性结合以远处的神奇性,画出一个房间的一个角落,里面立着或挂着他自己或别人的一张画,画中画着树木、小山和天空的远处景色。这是邀请观赏者一眼就享尽两个世界——远处的世界与近处的世界。

至于其余的,我只能想起现代欧洲艺术家的一些近观风景画。有一张奇异的《灌木丛》,梵高所画,收藏在大都会博物馆。康斯太勃尔有一张美妙的《明海姆公园的幽谷》,收藏在泰特美术馆。还有一张很差的画,是米莱斯[①]的《奥菲利娅》,却显得很神奇,因为是描绘一只河鼠在很近的地方看到夏日错综复

---

① 米莱斯(Millais, 1829—1896),英国拉斐尔前派最有才华的画家。

杂的绿树的。我记得德拉克罗瓦①的一张画,是很久以前在"借用品画展"中看到的,是以近距离方式描绘树皮、树叶和花儿。想必还有其他画,但是我可能忘记了,或者不曾见过。无论如何,在西方并没有什么画,足以与那些以近处方式描绘大自然的中国画和日本画相比。一枝盛开的梅花,十八英寸长的竹茎与竹叶,在树丛中不到一个手臂的距离中所看到的山雀或莺鸟,各种花与叶,各种鸟、鱼和小哺乳动物。每个小小的生命都被描绘成它自己的宇宙的中心,也是它自己所估计的目的,这个世界以及其中的一切都为了这个目的而被创造出来。每个小小的生命都发出它自身特殊与个别的独立宣言,脱离帝国主义。每个小小的生命都借着暗讽,嘲笑我们竟然表现出荒谬的自负态度,为宇宙游戏的行为定下纯然属于人类的规则。每个小小的生命都默默地重复着神圣的同义反复:我存在所以我存在。

大自然在中度距离的状态下是人们很熟悉的——很是熟悉,所以我们会受骗,相信我们真的知道一切。以很近的距离,或以很远的距离,或以奇异的角度去看大自然,大自然都似乎

---

① 德拉克罗瓦(Delacroix,1798—1863),法国著名画家,浪漫主义画派的典型代表。

奇异得令人感到不安，美妙之处完全令人无法了解。中国和日本的近距离风景画，很多都证明一个主题：轮回和涅槃是一体的，"绝对"显示在每一种外表之中。这些伟大的形而上却很实际的真实，由远东的禅宗艺术家以另一种方式描绘出来。他们以近处细察的方式所面对的所有东西，是在一种"无关"的状态中被描绘出来，由纯洁的丝或纸所形成的空白状态衬托出来。这些短暂的外表在如此孤立出来之后，就具有了一种绝对的"物自我"的特性。西方的艺术家在描绘神圣的形体、人像以及有时在远处描绘自然的客体时，都使用这种方法。伦勃朗的《磨坊》以及梵高的《丝柏》是远距离风景画的实例，在其中，一个单一的特点已经在被孤立出来之后变得绝对了。戈雅的很多蚀刻、素描和油画，其神奇之处可以由一个事实来说明，那就是，他的构图几乎经常采用一些剪影，或甚至采用一个单一的剪影，以一种空白的状态为背景。这些形成剪影的形状具有一种幻象的特性——即内在的意义，而这种内在的意义由于被孤立出来以及由于与超自然的强度无关而变得强化了。

在大自然之中，就像在艺术作品之中，客体的孤立很容易赋予它绝对性,赋予它那种等同于"存有"的超象征意义。

  但有一棵树——很多中的一棵——
  单单一处田野,我已注视过:
  两者都说了什么,已不见影踪。

华兹华斯再也无法看到的那种"什么",就是"幻象的亮光"。我记得,那种亮光以及那种内在的意义,是一棵孤立的橡树所具有的特性。那棵孤立的橡树可以在火车上见到,位于雷丁与牛津之间,长在一座小山的顶端,小山位于一片广大的耕地之中,在苍白的北方天空衬托下形成剪影。

"孤立"与"接近"结合在一起后所产生的效果,就其一切不可思议的奇异特性而言,可以在十七世纪一位日本艺术家的一幅不平常的画中加以检视。这位艺术家也是一个有名的武士,一位禅宗弟子。画中描绘一只伯劳鸟,栖息在一截枯枝的尖端,"漫无目的地等待着,却处在最强烈的紧张状态中"。下面、上面以及四周空无一物。鸟从"空无"之中出现,从永恒的"无名"与"无形"之中出现,这种永恒的"无名"

与"无形"却是多面、具体短暂的宇宙的本质。枯枝上的那只伯劳鸟和哈代笔下的冬日画眉是血亲很近的鸟。但是，虽然那只维多利亚时代的画眉坚持要提供我们一种教训，然而，那只远东的伯劳鸟却只满足于存在，满足于以热情和绝对的姿态"存在于那儿"。

附录六

很多精神分裂者大部分的时间既不是在尘世度过，也不是在天堂度过，甚至也不是在地狱度过，而是在一个灰色、多阴影的空幻、不真实的世界中度过。这些精神症患者如此，某些神经症患者在较小的程度上也是如此——他们患了较不严重的精神疾病。最近，人们已经发现，借着服用少量的肾上腺素衍生物，就可以诱导出这种幽灵似的生存状态。对于活着的人而言，天堂、地狱、地狱边缘的门的开启，不是借由"一对巨大的金属钥匙"，而是借由血液中有了一组化合物，没有了另一组化合物。一些精神分裂者与神经症患者所置身的阴影世界，非常像一些较早的宗教传统所描述的死者的世界。这些精神有问题的人，就像"阴间"以及荷马的"地府"中的幽灵，不再与物质、语言和人类有所接触。他们对生命没有着力之处，注定要与"无能""孤独"以及"沉默"为伍——"沉默"只会被鬼魂愚蠢的尖叫和叽喳叫声所打破。

涉及来世论观念的历史显示出一种真正的进展。这种进展可以以神学的观点来描述，即从"地狱"到"天堂"；可以以化学的观点来描述，即以"麦司卡林"和麦角酸取代甲基茚三醇；也可以以心理的观点来描述，即从紧张性精神症和不真实的感觉，进展到对于强化的真实有所感觉——在幻象之中，以及最后在神秘经验之中，对于强化的真实有所感觉。

附录七

　　画家热里科以负面的方式见到幻象。虽然他的艺术几乎完全忠于大自然，但是他所忠于的大自然，在他的知觉和描绘之中被以更糟的方式神奇地改观。"我开始画一个女人，"他有一次说，"最后却以一只狮子收场。"事实上更时常以比狮子更加讨人厌的东西收场——例如一具尸体，或一个恶魔。他的杰作，即那幅异常的《美杜莎的木筏》，不是描绘自"生命"，而是描绘自"毁灭"与"腐败"——描绘自医学院学生所提供的一具具死尸，描绘自一个患肝病的朋友的瘦弱躯体和黄疸的脸孔。甚至木筏漂浮其上的波浪，甚至拱形的天空，都是尸体的颜色，好像整个宇宙已经变成一个解剖室。

　　然后就是他的恶魔似的画作。《大赛马》一画显然是在地狱中进行的，背景相当明亮，可以看到黑暗。《被闪电所惊吓的马》一画收藏在国家美术馆，此画在一个冻结的瞬间显示出那种隐藏在熟悉的事物中的奇异成分，以及不祥、甚至可憎的

"他性"。在大都会博物馆中有一幅小孩的画像。多么奇异的小孩啊！这个小小的可人儿穿着夹克，是那种庸俗的明亮夹克，波德莱尔喜欢称这种小孩为"未成熟的恶魔"。还有一幅试作，也是收藏在大都会博物馆，画的是一个裸体男人，看起来就像"未成熟的恶魔"长大了。

从热里科的朋友所留下的有关他的叙述中，我们清楚地知道，热里科习惯把四周的世界看成是一连串幻象的天启。他早期所画的《狙击骑兵》中那匹腾跃的马，有一天早晨出现在前往圣克劳德的路上，夏日的阳光灰蒙蒙地发亮，马儿在一辆公共马车的车杠之间竖起后腿，跳跃着。《美杜莎的木筏》一画中的人物是以精巧的细节一笔一笔在纯洁的画布上画成。他并没有对整个构图进行轮廓素描，也没有对色调与颜色的整体和谐进行逐渐增强的工作。每种特别的情况——衰败的身体、肝炎极为严重的病人——都根据实际看到的情况充分描绘出来，以艺术的手法表达出来。借着天才的奇迹，每种连续出现的天启都以预言的方式吻合一种和谐的构图——而这种和谐的构图，在第一个可怕的幻象被传达到画布上时，只存在于这位艺术家的想象中。

附录八

卡莱尔[①]在《衣裳哲学》一书中"以惊人的方式描述了一种精神症患者的心态,大部分透露出郁闷的成分,但也部分透露出精神分裂的成分"——这是根据以身心观点为卡莱尔写传的詹姆斯·哈利德医生的说法(见《我的病人卡莱尔先生》一书)。

"我四周的男人与女人,"卡莱尔写道,"甚至在跟我讲话时,都只是'形体'。我实际上已经忘记他们是活着的,忘记他们并不只是自动机器。友谊只是一种不可思议的传统。在他们拥挤的街道和集会中,我孤独地走着。我也像丛林中的老虎一样野蛮(只不过,我一直在吞噬的,是我自己的心,不是别人的心)……对我而言,这个宇宙并没有'生命''目的''意志',甚至没有'憎意'。这个宇宙是一个没有生命、无法衡量的巨大蒸汽机,滚动着前进,透露出没有生命的冷漠,辗着我所有

---

① 卡莱尔(Carlyle,1795—1881),英国哲学家、评论家、作家、历史学家。

的肢体……我没有希望，所以也没有任何明确的恐惧——无论是人类的恐惧，还是魔鬼的恐惧。然而，非常奇怪的是，我却生活在一种持续、不确定、令人消瘦的恐惧中，身体颤抖，显得很懦弱，也不知道在害怕什么。好像上面的天堂以及下面的尘世中的一切都会伤害到我，好像天堂与尘世只不过是一只吞噬万物的怪兽的无止境下巴，而我在里面颤抖着，等着被吞噬。"前面提及的那位勒妮以及崇拜英雄的卡莱尔，显然都在描述同样的经验。两人都恐惧"无限"，但所谓的"无限"却是"系统"，是"无法衡量的蒸汽机"。对于两人而言，一切都是有意义的，但却是负面的意义，所以每个事件都是完全没有要点的，每样东西都是非常不真实的，每个自称人类的人都是一种装发条的傀儡，以怪异的方式表现各种动作，包括工作、游戏、爱、恨、思考、流利表达、英勇、神圣，等等，不胜枚举——机器人确实具有多方面的功能。

图书在版编目 (CIP) 数据

众妙之门 / (英) 阿道司·赫胥黎著 ; 陈苍多译.
- 北京 : 北京燕山出版社, 2016.11
ISBN 978-7-5402-4289-3

Ⅰ.①众… Ⅱ.①阿… ②陈… Ⅲ.①散文集—英国—现代 Ⅳ.① I561.65

中国版本图书馆 CIP 数据核字 (2016) 第 263410 号

本书中文译本由新雨出版社授权使用

众妙之门

[英] 阿道司·赫胥黎 著
陈苍多 译
责任编辑 / 尚燕彬　金　东
装帧设计 / 小　贾　张　佳

北京燕山出版社出版发行
北京市西城区陶然亭路 53 号　邮编 100054
全国新华书店经销
北京市松源印刷有限公司印刷

开本 850×1168　1/32　印张 6　插页 16　字数 96,000
2017 年 4 月第 1 版　2017 年 4 月第 1 次印刷

定价 : 45.00 元

版权所有　盗版必究